일요일 오후 2시,
동네 청년이 중학생들과
책 읽습니다 ————————————

일요일 오후 2시, 동네 청년이 중학생들과 책 읽습니다

발행일 초판1쇄 2019년 7월 2일 | **지은이** 차명식

펴낸곳 북드라망 | **펴낸이** 김현경 | **주소** 서울시 종로구 사직로8길 24 1221호(내수동, 경희궁의아침 2단지) |

전화 02-739-9918 | **이메일** bookdramang@gmail.com | **일러스트** 신성남

ISBN 979-11-86851-99-9 03800 | 이 도서의 국립중앙도서관 출판예정도서목록(CIP)은 서지정보유통지원
시스템 홈페이지(http://seoji.nl.go.kr)와 국가자료종합목록 구축시스템(http://kolis-net.nl.go.kr)에서 이용
하실 수 있습니다.(CIP제어번호: CIP2019024288) | **Copyright ©** **차명식** 이 책은 지은이와 북드라망의 독점
계약에 의해 출간되었으므로 무단전재와 무단복제를 금합니다. 잘못 만들어진 책은 서점에서 바꿔 드립니다.

책으로 여는 지혜의 인드라망, 북드라망 **www.bookdramang.com**

일요일 오후 2시,
동네 청년이 중학생들과
책 읽습니다

차명식 지음

BookDramang
북드라망

차례

3. 가을에 읽은 마을 이야기

4. 겨울에 읽은 세상 이야기

들어가며

2015년 겨울, 아무런 맥락도 전조도 없이 문득 제안을 받았다.

"명식아. 혹시 '중등인문학교' 맡아 볼 생각 있니?"

그 무렵 나는 군대를 제대한 지 얼마 되지 않은 상태였고, 반쯤은 여가활동 삼아 일주일에 두어 번씩 동네의 인문학공동체 '문탁네트워크'*에 들르고 있었다. 그 문탁네트워크의 한 선생님이 갑자기 그런 제안을 하신 것이었다.

나는 우선 중등인문학교가 무엇이냐고 물어야 했다. 돌아온 대

---

* '인문학공동체'를 조악하게나마 설명하자면 '동네에서 인문학을 공부하고 무언가 활동을 조직하고 싶은 사람들이 함께하는 공간' 정도가 될 것이다. 그리고 문탁네트워크는 용인시 수지구 소재의 인문학공동체로, 다양한 철학 텍스트를 함께 공부하면서 다양한 세미나 및 강좌 개설, 천연 화장품 제조, 제과제빵 등의 활동들을 활발히 병행하고 있다.

답은 중학생들과 함께 책을 읽고 이야기를 나누는 프로그램이라는 것이었다. 그래도 여전히 감이 잡히질 않았다. 뜸을 들이는 사이, 그럼 한번 직접 수업에 들어와 보는 게 어떻겠냐는 이야기를 들었다. 그러겠노라고 했다. 수업은 주말 오후 2시부터 두 시간 동안 이루어진다고 했다. 그날 여유로이 시간을 맞추어 수업에 들어가 교실 구석에 앉았다.

그리고 얼마 뒤, 나는 '중등인문학교'의 '선생님'이 되어 있었다.

상당히 거친 도입부지만 "어쩌다가 중학생들과 수업을 하게 되었느냐"는 질문에 대해서는 저것이 아마 가장 진실된 대답일 것이다. 제안이 들어왔고, 생활에 여유가 있었고, 할 수 있을 것 같다는 생각이 들었다. 그것이 전부였다. 교사로서의 투철한 사명감이라든가, 아이들과 공부하고 싶은 열망이라든가 하는 것은 존재하지 않았다.

사람들은 자신의 행동과 결정에 이러저러한 이유를 붙여 설명하기를 좋아한다. 하지만 사실 그러한 해석들은 사후에 이루어진 경우가 많다. 실제로는 분위기에 휩쓸려서, 그날의 기분이 좋거나 나빴던 탓에, 그러니까 우연적 요소들에 따라 결정을 내렸다 하더라도 나중에 곰곰이 생각해 보니 스스로도 까닭을 알 수가 없어 명분을 만들고 스스로 그를 믿게 되는 것이다. 그러나 우리가 늘 스스로 납득할 수 있는 어떤 이유에 따라서만 행동하고 결정한다면 우리 삶의 모습은 늘 비슷할 수밖에 없다. 나 자신이 그어 놓은 선

바깥으로 결코 나갈 수 없기 때문이다. 오히려 느닷없이 찾아오는 우연한 사건들, 우연한 결정들이야말로 우리 삶에 새로운 기점을 가져온다. 적어도 문탁네트워크의 중등인문학교는 나에게 그러한 의미였다.

물론 별다른 목적의식이나 각오 없이 일을 맡았더라도 실제 그 일의 무게가 줄어드는 건 아니다. 처음 중등인문학교를 맡았을 때에는 내가 할 일이라곤 말 그대로 '땜빵' 정도의 역할이지 않을까 했지만 어느새 나는 일 년 동안 아이들과 함께 읽을 책들과 그 책들을 선정할 기준——수업의 주제를 고민하고 있었다. 또한 그러한 고민 끝에 수업을 시작한 뒤, 실제 수업을 진행하면서는 '중학생'들을 만난다는 게 생각 이상으로 난감한 일이란 걸 깨달아야 했다. 내 딴에는 녀석들에게 더 쉽게 책 내용을 설명하고자 준비했던 예시들조차 녀석들에게 낯선 경우가 있었고(『원피스』가 뭐냐는 질문을 받았을 때의 당황스러움이란!) 녀석들에게서 무언가 말을 이끌어 내는 것 자체가 어려울 때도 많았으며 녀석들이 일상에서의 진지한 고민을 털어놓을 때 마땅한 대답을 주기 어려웠을 때도 있었다. 그러나 그 모든 어려움이 있었기에 나의 말이 녀석들에게 가닿을 때, 녀석들의 말이 나에게로 와닿을 때의 짜릿함 또한 느낄 수 있었다.

그 어려움과 짜릿함, 그것이야말로 동네 청년인 내가 중학생을 만난다는 것이다. 그것은 다시, 나와는 다른 일상을 살고 다른 책임과 의무를 가지며 다른 것들을 고민하는 그 누군가를 만난다는 것이다. 그것은 다시, 우연하고 낯선 만남을 통하여 서로의 삶에 변화를 일으킨다는 것이다. 더 많은 변화가 있는 삶을 사는 사람일수록 삶 속에서 더 많은 것들을 해낼 수 있다. 이 일련의 이야기를 구태여 책으로까지 옮긴 것은 바로 그 경험들을 간접적으로나마 더 많은 독자들에게 전하고 싶어서이다. 얼핏 추상적으로 들릴 수 있는 이 말들을, 조금이나마 더 구체적이고 생생한 일상의 이야기를 통해 여러분들께 전하고 싶어서이다.

　여기 실린 수업의 이야기는 2016년 봄부터 겨울까지──정확히는 2017년 2월 무렵까지 진행된 수업의 이야기들이다. 우리는 매 계절마다 열 번으로 구성된 수업 프로그램을 하나씩 운영했다. 그러니까 일 년 사계절 동안 서로 다른 주제를 가진 네 개의 수업 프로그램이 있었다.

　　봄에는, 학교.
　　여름에는, 집(가족).
　　가을에는, 마을.
　　겨울에는, 세상(세계).

　한 시즌의 수업에서 적게는 세 권, 많게는 대여섯 권의 책을 읽었고 그 주제들과 맞물리는 영화도 한 편씩 보았다(영화를 보는 건 보통 아이들이 책을 읽어 오기 어려운 시험 기간에 이루어졌다). 다만 그 모든 책들과 영화로 한 수업들을 전부 여기에 싣지는 않았다. 겹치는 이야기들도 있었고, 이야기가 삼천포로 빠지거나 좀처럼 이어지지 않을 때도 가끔 있었기 때문이다. 그렇기에 여기에 실린 책과 영화들, 그를 사용한 수업들은 그 시즌의 주제와 오간 이야기들을 가장 잘 드러낼 수 있는 것들로 추려 낸 것들이다.

본문에서 그려지는 수업의 풍경들은 당시 아이들과 나 자신이 쓴 수업후기, 아이들이 쓴 에세이, 나의 기억 등을 토대로 재구성하였다. 그러니 적어도 아이들이 한 적도 없는 말을 멋대로 지어내 쓰지는 않았다고 보아도 좋다. 그를 뒷받침하기 위해 아이들이 쓴 글을 최대한 인용하였고, 아직 연락이 닿는 아이들에게 실제 그 수업에서 어떤 이야기들이 오갔었는지 자문을 구하기도 했다. 다만 아이들의 이름은 모두 가명을 사용하였다.

자, 이만하면 미리 이야기할 것은 다 이야기한 듯싶다. 이제부터는 여러분이 직접 그 수업의 나날들을 확인해 주셨으면 한다. 때로는 서툴고, 때로는 경솔해 보이고, 때로는 답답하겠지만, 분명 그와 함께 작은 놀라움들 또한 전해지리라 믿는다. 그렇지 못했다면, 부디 엄한 질책 또한 부탁드린다.

그럼 지금부터 수업을 시작하자.

일러두기

1 이 책에 나오는 중학생들의 이름은 모두 가명입니다.

2 이 책에 나오는 중학생들과 함께 읽은 책들의 인용문 출처는 해당 책에 대한 이야기가 시작될 때 책 표지 일러스트 아래에 자세한 서지사항을 밝혀 주고, 이후 본문에서는 책명과 쪽수만을 간단히 밝혀 주었습니다.

3 이 책에 인용한 중학생들의 감상문은 오자만 교정하고, 약간의 비문은 교정하지 않고 그대로 두었습니다.

4 외래어는 국립국어연구원 「외래어표기법」에 따라 표기했습니다.

5 단행본은 『 』, 단편소설은 「 」, 영화나 드라마 등은 < >로 표기하였습니다.

1

봄에 읽은 학교 이야기

학교를 '사용'함으로써

헤르만 헤세, 『수레바퀴 아래서』, 김이섭 옮김, 민음사, 2001

1.

"자, 이거 봐. 페이지 수로 들으면 분량이 많아 보이지만 두께
도 요것밖에 안 되고, 그리고 책 모양 자체가 길쭉한 데다 안
에는 여백도 많지? 그러니까 한 페이지당 내용도 얼마 안 돼."

쉽게 읽어 올 수 있는 분량이라고 열을 올려 가며 광고를 해봤지만 다들 하나같이 표정이 시큰둥했다. 아무래도 영 약발이 듣질 않는 모양새다. '다음 주에 수업할 책은 집에 가서 생각할래요.' 그런 꿍꿍이들이 훤히 다 보였다.

하지만 어쩌겠나, 이 이상 달리 할 말도 없는걸. 결국 이쪽이 먼저 손을 들고 항복했다. 펼쳐 들었던 책을 덮으면서 그대로 수업을 매조졌다.일의 끝을 단속하여 마무리했다.

"좀 지루해 보일 수도 있겠지만 아주 유명한 소설이야. 너희랑 통하는 부분들도 꽤 있을 거고… 그러니까 다들 빠짐없이 읽고 인상 깊은 부분을 골라 오도록! 그럼 오늘 수업은 여기까지."

"수고하셨습니다~."

언제나처럼 마지막 인사할 때가 가장 힘차다. 제각기 짐을 주섬주섬 챙겨서는 꾸벅꾸벅 인사를 하고서 총총걸음으로 하나둘 교실을 빠져나간다.

마지막으로 나가는 녀석들에게 손을 흔들어 주고는 덮었던 책을 도로 집어 올렸다. 솔직히, 중학생 때의 나였더라도 이 책이 썩 달갑게 보이지는 않았으리란 생각이 들었다. 아무리 분량이 적다 한들 무엇하나. 인문학 공부에도 동영상 콘텐츠가 넘쳐 나는 시대에 영상은 고사하고 사진 한 장 없는 책인걸. 게다가 고루한 어투하며 생소한 외국 사람 이름들, 무엇보다도 '세계문학전집'이라는 타이틀부터가 숨이 막힐 수도 있겠지.

그래도 거짓말은 없었다. 아주 유명한 소설인 것도 사실이고, 읽다 보면 자기들 이야기와 통하는 부분도 분명 있을 것이다. 애초에 그걸 위해 짠 커리큘럼이고 그에 맞는 책들을 고르다가 정한 작품이니까.

첫 시즌인 봄의 커리큘럼 테마는 '학교'.

책 제목은 헤르만 헤세(Hermann Hesse)의 『수레바퀴 아래서』.

2.

『수레바퀴 아래서』는 약 1800년대 후반, 독일의 작은 시골에 사는 한스 기벤라트라는 소년의 이야기이다. 어릴 적부터 영특했던 한스는 주변 어른들, 특히 아버지의 기대를 한몸에 받으며 장차 목사가 되기 위해 신학교에 들어간다. 그러나 신학교의 권위적인 분위기와 위선적인 태도는 소년을 숨 막히게 만들었고, 오직 예술가 기질이 다분한 친구 하일너와의 우정만이 한스의 숨통을 틔워 주었다. 하지만 그 하일너마저 마침내 교장에게 맞서다 퇴학을 당함으로써 한스는 더 이상 신학교 생활을 버틸 힘을 잃고 만다.

신학교를 그만두고 고향으로 돌아온 한스는 기계공 일을 시작하나 어린 시절과는 너무나 달라져 버린 주변 환경에 적응하지 못한다. 어릴 적 친숙하던 이들도, 낯익었던 거리의 모습도 사라지거나 변해 버렸다. 그에 더해 마을 처녀 엠마와의 풋사랑마저 실패로 끝맺으면서 결국 한스는 그해 가을밤 쓸쓸한 주검으로 발견된다.

사실 중학생들과 학교에 대한 이야기를 하기 위해서 읽는 소설치고는 지나치게 비극적인 이야기가 아닐까 하는 생각도 조금 들었다. 마지막까지 고심했던 경쟁작(?)인 에드몬도 데아미치스(Edmondo De Amicis)의 『사랑의 학교』가 좀더 나았을까도 싶다. 그쪽이었다면 좀더 훈훈하고 따뜻한 분위기인 학교의 모습을 읽어 낼 수 있었으리라.

다만 『사랑의 학교』 대신에 『수레바퀴 아래서』를 고른 데에는 분명한 까닭이 있었다. 아미치스가 그려 낸 학교에는 근대 학교에 대한 일종의 로망이 드러나 있다. 『사랑의 학교』——교사는 학생들에게 자긍심과 애국심을 설파하고, 학생은 그런 교사에게 존경을 표하며, 학생들 사이에는 서로간의 차이를 개의치 않는 공고한 유대가 존재한다. 당대 사회의 고단한 현실 속에서 학교는 굳건한 방파제가 되어 아이들을 길러 낸다. 인간미가 물씬 풍기는 모판 위에서 아이들은 스폰지처럼 배움을 흡수함으로써 현실을 극복하고 박애를 실천할 수 있는 인간들로 성장한다. 그 안에는 국가가, 학부모가, 교사들이 꿈꾸는 학교의 이상향이 그대로 담겨 있다. 그러나 모델하우스를 보며 경탄하는 것과 그 집에서 몇 년을 실제로 사는 것은 전혀 다른 문제가 아닌가?

실제로, 그 아이들의 학교는 어떤 곳이었나?

실제로, 이 아이들에게 학교란 어떤 곳일까?

아미치스가 그리듯, 쿠오레(Cuore, 『사랑의 학교』의 원제로 뜻은 '사랑')가 가득한 곳인가? 존경받는 교사와 사랑받는 학생이 있고,

넘쳐 흐르는 우정으로 충만한 친구들과 함께하는 장소였나? 매일 매일 성장하는 자신을 느끼며 고단한 현실을 이겨 낼 힘을 키우는 안식처였나?

만약 정말로 그랬다면, 헤세는 『수레바퀴 아래서』를 쓸 필요가 없었을 것이다. 사실 그건 아미치스도 마찬가지다. 만일 현실에 저와 같은 학교들이 많았다면, 아미치스가 구태여 글로써 저런 학교의 모습을 그려 내어 사람들에게 보여 줄 필요가 없었을 것이므로.

3.

그다음 주 수업. 오자마자 대뜸 이렇게 말하는 녀석이 있었다. 정우다.

"저 이런 내용 별로 안 좋아해요. 별로 재미없었어요."

하지만 숙련된 조교는 이런 상황에도 당황하지 않는다. 오늘 준비한 수업 내용이 쓰인 노트를 내려놓고 차분히 되물었다.

"왜?"
"주인공이 너무 안쓰럽게 살고, 불쌍하잖아요. 좋을 때는 별로 없고 계속 다른 사람들 시선만 의식하면서 살고… 왜 그렇게 사는지 이해가 잘 안 갔어요."

"저도요. 한스가 너무 불쌍했어요. 특히 자기 점수 떨어지는 걸 물끄러미 바라보는 것 같은 부분이요. 무슨 망상에 빠진 것도 같고….."

"어른들이 다 한스를 제대로 봐주지 않았잖아요. 한스의 고통을요."

저마다 돌아가면서 한마디씩을 꺼낸다. 물론 다 똑같은 반응을 하는 것은 아니다. 무슨 이야기인지 아예 모르겠다며 팔짱을 끼고 입을 꾹 다문 녀석도 있고, "모세오경이 뭐예요?" 하고 단어 같은 것을 물어 오는 녀석도 있다. 하지만 대개는 주인공인 한스의 삶이 너무 가여웠다는 이야기였다.

고개를 끄덕이면서 다시 한번 물었다.

"뭐가 한스의 삶을 그렇게 힘들게 했지?"

잠시 침묵이 흐르다가, 조심스럽게 하나둘 입을 연다.

"친구가 퇴학당한 거요. 그, 하일너요."

"선생님이나 아빠의 기대감을 만족시키지 못한 거요."

"얘는 그냥, 빚덩어리에 파묻혀서 산 것 같아요. 돈 말고 선생님들이랑 아버지의 기대, 학교 시험이랑 성적, 그런 빚덩이요. 정말 솔직히 말하면 한스는 죽는 게 나았다는 생각도 들어요.

더 이상 뭐 어떻게 할 수 있는 힘이 없었잖아요."

"저는요. 이 부분이 인상 깊었어요. 262페이지요."

윤지가 책에서 자신이 골라 온 부분을 읽어 주었다.

장례식에는 조합원이며 호기심에 가득 찬 구경꾼들이 구름처럼 몰려
들었다. 한스 기벤라트는 또다시 유명인사가 되어 모두의 관심거리로
떠올랐다. 교사들과 교장 선생, 마을 목사도 그의 운명에 동참했다. 그
들 모두는 프록코트를 입고, 장중한 비단 모자를 쓴 채 장례 행렬을 따
라나섰다. 그리고 서로 이야기를 속삭이며 잠시 무덤가에 서 있었다.
이들 가운데 특히 라틴어 선생이 한층 더 우울해 보였다. 교장 선생은
낮은 목소리로 그에게 말했다. "그래요, 선생님. 저 아이는 훌륭하게
될 수 있었을 텐데 말입니다. 뛰어난 아이들이 도리어 불운을 맞게 된
다는 건 정말이지 슬픈 일이지요!"(『수레바퀴 아래서』, 262쪽)

"왜 이 부분이 인상 깊었어?"

"한스가 살아 있을 때에도 계속 기대하고 죽은 다음에도 기대
했었다고 하잖아요. 그럼 한스가 살아 있을 때 더 잘 봐줬어야
지 왜 죽은 다음에 아쉬워하는지 마음에 안 들어요. 학교 선생
님들한테도 다 책임이 있잖아요."

다들 옳다는 듯 고개를 끄덕이는 걸 보니 확실히 비슷하게 다가

오는 부분이 있는 모양이다. 이렇게 다들 이야기가 모아져서 말문이 트였을 때가 보통 슬슬 준비해 왔던 질문을 던질 시점이다.

막 입을 열려는 찰나였다. 여태껏 팔짱 끼고 뒤에 앉아 있던 녀석 하나가 퉁명스레 내뱉었다. 중학교 3학년인 우석이다.

"우리 학교는 안 이래요."

평소에는 좀처럼 입을 열지 않다가 뜬금없이 툭툭 개그를 쳐 아이들을 웃기는 게 장기인 녀석인데, 오늘은 웬일로 처음부터 퍽 진지한 말투였다. 나는 좀더 들어 보기로 했다.

"그래? 너희 학교는 어떤데?"
"우리 학교는요, 그냥 보통 학교지만요, 애들도 선생님들도 다 공부만 위해 학교를 다닌다는 생각 같은 건 안 해요. 난 이게 마음에 들어요. 우리 학교 선생님들은 공부만 시키는 게 아니라 여러 가지 활동을 하거든요."

그러더니 팔짱을 풀고는 가만히 책을 노려본다.

"기술가정 시간에 선생님이 그랬는데, 우리가 일상생활이랑 집에서 배우는 단어가 1천 개라고 치면 학교에서 공부로 배우는 단어는 30개 정도밖에 안 된대요. 하버드에서 다섯 살부터

열세 살짜리들 연구하니까 그렇게 나왔대요. 그러면서 선생님이 우리가 학교를 다니는 건 친구들이랑 즐겁게 놀기 위한 거랬고요. 한스네 학교랑은 달라요."

침묵. 작게 고개를 끄덕이는 아이들.
잠시 뜸을 들였다가, 녀석이 어깨를 으쓱였다.

"전 학교를 친구 만나려구 다녀요. 다들 그런 거 아녜요?"

4.

『수레바퀴 아래서』는 헤세의 유년 시절을 담은 자전적인 이야기로 평가받는다. 한스가 그랬던 것처럼 헤세도 어려서 신학교에 들어갔고, 한스가 그랬던 것처럼 신학교 생활에 적응하지 못해 쫓겨났으며, 한스가 그랬던 것처럼 시계공장 수습공과 서점 직원 등을 전전하다가 자살을 기도했다.

그런 헤세가 그리는 학교의 모습은 우리가 학교에 대해 상상할 수 있는 가장 부정적인 면모들로 가득하다. 학생들은 권위와 규율, 인습에 짓눌리고, 교사들은 오직 학생들의 학습적 성취에만 관심이 있으며, 그 과정에서 학생들은 오직 관리 대상일 뿐 한 명의 인간으로서 학생에 대한 존중은 보이지 않는다. 작중 한스는 모범생으로서 여러 교사들에게 애지중지되는 존재였지만 아이들이 지적

했듯 그의 내면을 이해코자 한 교사는 거의 존재하지 않았다.

하지만 그 무엇보다도 헤세가 그리는 학교는 일상의 삶과 대립하는 공간으로서 드러난다. 학교에서는 모세오경과 호메로스의 시를 가르칠지언정 누군가와 평범히 말하고, 친구를 사귀고, 생계를 유지하기 위해 일을 하고, 연애하는 방법을 가르쳐 주지는 않는다. 고매한 지식의 상아탑은 시시한 일상의 삶과는 유리된 별세계인 것이다. 권위, 규율, 지식, 이성, 순종과 같은 학교의 미덕들에 어긋나는 것들은 자동적으로 배제된다. 격정적이면서도 사람들과 잘 어울리며 그 누구보다도 자유로운 영혼이었던 한스의 친구 하일너가 퇴학당한 것처럼.

그 별세계에서 한스 기벤라트, 혹은 헤세는 조금씩 생명력을 잃어 간다. 오히려 그에게 구원의 계기가 될 수도 있었던 시기는 그런 학교를 떠나 다시 그가 살던 거리로 돌아왔을 때였다. 학교와는 대립되는 공간——시내의 거리에서 한스는 처음으로 풋사랑을 깨닫고 노동의 기쁨을 맛본다. 일상과, 보다 진정한 의미의 '삶'과 맞닥뜨린다.

한스는 자신이 하일브론의 아가씨를 사랑하게 되었다는 사실을 깨닫고 있었다. 하지만 그에게는 이제 막 눈뜨기 시작한 남성다운 혈기가 그저 낯설고, 초조하고, 피곤하기만 한 상태로 어렴풋이 이해될 뿐이었다. (중략) 자신의 죽음을 부르는 나뭇가지에 추파를 던질 때만 해도 한스는 작별을 고하는 자의 애절한 우월감을 가지고, 지금과 다름없는 사람들과 사물들을 바라보았다. 하지만 이제는 다시금 과거로 되돌아와 놀라움에 미소 지으며 잃었던 현실을 되찾은 것이다.(『수레바퀴 아래서』, 215쪽)

한스는 정신을 가다듬고, 열심히 일을 계속해 나갔다. 소년 시절의 장난기 어린 놀이를 그만둔 뒤로 이제껏 무엇인가 눈에 드러나는 유익한 물건을 자신의 손으로 만드는 기쁨을 맛본 적이 없었다. (중략) 한스는 태어나서 처음으로 노동의 찬가를 듣고 또 이해했다. 그것은 적어도 초보자에게 커다란 감동을 주었고, 산뜻한 매력을 풍기는 것이었다. 한스는 보잘것없는 자신의 존재와 인생이 커다란 선율에 어우러지고 있다는 느낌을 받았다.(『수레바퀴 아래서』, 238~239쪽)

'누구나 어떻게 살아야 하는지를 학교 밖에서 배운다.'
학교제도의 대표적인 비판자 이반 일리치(Ivan Illich)의 이 강렬한 테제는 처음 들을 때에는 어색할지 몰라도 두어 번 곱씹는 것만으로도 그 의미를 일깨운다. 말하는 것, 생각하는 것, 사랑하는 것, 느끼고, 놀고, 정치하고, 일하는 것! 그 모든 것을 우리는 교과서와 교사를 통해 배우지 않는다는 것이다. 최소 6년에서 최대 십수 년에 이르는 학교 교육을 통해 배운 것들 중 얼마만큼이나 이후의 우리 삶에 사용하던가? 신입사원들이 도통 일머리가 없다며, 대체 대학교에서는 무얼 가르치는 거냐는 인사담당자들의 한탄은 더이상 새롭지도 않다.

한스 기벤라트는 뒤늦게 그것을 깨달았지만, 이미 그의 몸과 마음은 그 새로운 만남을 쫓아가기에는 너무 지쳐 있었다. 결국 그 때문에 그는 첫번째 풋사랑이 실패로 끝났다는 이유만으로 모래성처럼 스러지고 만다.

나는 아이들에게 이러한 이야기를 하려고 했었다. 넌지시 물어볼 생각이었다. 아이들에게 '너희에게 학교란 무엇이냐'는 질문을 던져, '학교에서 너희가 배우는 것은 무엇이냐'를 거쳐, 이와 같은 이야기로 이끌어 갈 생각이었다.

그렇지만 "우리 학교는 안 이래요"로 시작된 녀석의 당돌한 대꾸는 나에게 조금 다른 각도에서 생각할 여지를 주었다.

5.

수업이 끝나 갈 즈음 나는 아이들에게 '나에게 학교란 무엇인가'를 가지고 짧은 글을 써 볼 것을 제안했다. 그리고 수업이 끝난 뒤에도 나는 곧바로 돌아가는 대신 아이들의 글을 읽었다. 그중 문득 지아의 글이 눈에 들어왔다.

"나는 학교란 공부하는 곳이기도 하지만 꼭 그렇게만 말할 수 없다는 의견에 동감한다. 이야기하면서 나왔듯이 학교에서 우린 인간관계도 맺고 공부 밖의 여러 가지를 한다. 학교에선 공부만 하는 것이 아닌데 왜 학교라 하면 공부가 떠오르고 칠판

이 떠오르고 교과서가 떠오를까. 내가 하루에 친구와 문자가 아닌 직접 얼굴을 보며 잡담을 나누는 70퍼센트는 학교에 있다. 그 밖에 내가 친구와 노는 것도 학교가 대부분이고. 물론 공부도 거의 학교에서밖에 안 하지만 공부 이외의 많은 것들을 난 학교에서 한다."(지아의 『수레바퀴 아래서』 감상문 중에서)

아이들은 결코 적지 않은 시간을 학교에서 보낸다. 그만큼 학교에서 많은 사람들을 만나고, 대화하고, 어울린다. 이미 오래전부터 학교는 아이들에게 일상의 커다란 조각이었고 가족 외의 수많은 타인들과 지속적인 인간관계를 맺어 가는 최초의 공간이다.

예나 지금이나 학교가 아이들에게 가르치지 못하는 것은 많지만, 예나 지금이나 아이들은 학교에서 가르치지 않는 것들을 스스로 배운다. 아이들은 교사 혹은 친구들을 통해 자신과 다른 생각, 다른 입장을 가진 이들을 대하는 수많은 순간들을 마주한다. 그 과정에서 대화하는 것, 생각하는 것, 사랑하는 것, 느끼고, 놀고, 정치하는 것이 무엇인가를 오롯이 배워 나간다. 오늘날 예전에 비해 학교별로 학생의 생활수준이나 문화가 획일화된 경향이 나타나면서 아이들 사이에 차이보다 공통점이 훨씬 많아지긴 했으나 최초로 타자와 마주하는 공간이라는 학교의 의미는 여전히 유효하다.

자, 다시 질문하자. 학교란 무얼 하는 곳일까? '공부하는 곳'이라는 대답이 가장 먼저라 해도 '친구를 만나러 가는 곳'도 결코 틀린 대답은 아니다. 이미 아이들은 어른들의 생각과는 조금 다른 방식으로 학교를 만난다. 오직 '공부하는 곳'으로서의 학교의 엄숙하고 권위적인 이미지는 조금씩 학원으로, 독서실로 빠져나간다. 아이들은 여전히 학교에서 많은 시간을 보내지만 그 긴 시간 속의 틈새들은 조금씩 늘어 간다. 누군가는 그것을 '공교육의 붕괴'라 부르고, 또 많은 교사들이 학교가 역할을 잃을 것을 두려워하나, 글쎄. 문제는 그 빈틈을 낡은 방식으로 덕지덕지 틀어막는 것이 아니라 무엇으로 새롭게 채울까를 고민하는 것이 아닐까?

만약 언젠가 나에게 다시 한번 이 책으로 수업할 기회가 주어진다면 나는 정우와 우석이, 지아의 이야기들을 들려주며 말하고 싶다. 학교가 '학생의 본분은 공부'라며 너희들을 책상 앞에만 잡아두려고 할 때, 또 연애 금지라든가 성적 우열반 따위로 너희들을 갈라놓으려고 할 때, 학교에서 어떤 친구와 어울리는 게 좋고 어떤 친구와 어울리지 말아야 한다는 말을 들었을 때——그럴 때마다 너희의 학교를 '공부하러 오는 곳'이 아닌 '알지 못했던 새로운 친구를 만나러 오는 곳'이라고 생각해 보라고. 그 새 친구와 말하고, 놀고, 싸우고, 힘을 합쳐 무언가를 해내러 오는 곳이라고 상상해 보라고. 그렇게 학교를 사용하라고.

어쩌면 바로 그 순간에야 학교는 아이들에게 있어 진정한 삶의 현장이 될 수 있지 않을까. 다소 난잡한 모습이 될지라도, 적어도 그 어지러운 모습이 이상 속의 '사랑의 학교'보다는 장차 아이들이 살아가야 할 삶의 터전들과 훨씬 닮아 있으리라.

다니엘 페나크, 『학교의 슬픔』

교사로 '일'함으로써

다니엘 페나크, 『학교의 슬픔』, 윤정임 옮김, 문학동네, 2014

1.

수업 시간에 아이들은 나를 보통 '선생님'이라고 부른다. 좀 익숙해졌다 싶은 녀석들은 쌤. 딱히 그리 부르라 말한 적은 없지만 어느 사이엔가 다들 그렇게 부르고 있었다. 아마 녀석들이 느끼기에 이 시간은 책을 읽고 덤으로 이것저것 배워 가는 시간 정도일 테고, 그것들을 가르쳐 주는 나는 자동적으로 선생님이 된 것이리라.

그러니까 녀석들에게 선생이란 곧 가르쳐 주는 사람인 셈이다.

그런데 때때로 드는 의문은 과연 선생에 대한 녀석들의 정의가 합당한가 하는 점이다. 수업 시간을 되돌아보면, 나는 아이들과 시시한 잡담과 인사를 나누고, 책에 대한 느낌과 인상 깊게 읽은 부분 그리고 그 까닭을 나눈다. 책 속의 질문들을 좀더 확장시켜서 아이들에게 물음을 던지기도 한다. 대단한 이론이나 획기적인 독서 테크닉 같은 것을 전수해 주는 것은 아니다. 일주일에 한 번 두 시간씩 만나 이렇게 책에 대한 이야기를 나누는 것. 그것이 내가 녀석들과 하는 일의 전부다. 그럼에도 무언가 가르쳐 준다는 이유 하나만으로 나는 녀석들의 선생님, 교사일 수 있을까?

물론 교사란 가르치는 것을 업으로 삼는 사람이다. 하지만 동시에 교육제도가 교사에게 요구하는 것은 관리자로서의 역할이다. 일찍이 미셸 푸코(Michel Foucault)는 그의 저서 『감시와 처벌』을 통해 학교가 학생들을 훈육하고 통제하는 기술에 대하여 논하였다. 그에 따르면 학교는 줄지어 늘어선 책상, 촘촘히 짜인 시간표, 반복적인 시험과 피드백 등을 통해 학생들이 특정한 규율에 익숙해지도록 훈련시키는 공간이다. 교사는 이 과정 속에서 관리자이자 평가자, 감시자로서의 역할을 수행하게 되는데, 오늘날에는 특히 학생의 더욱 세밀한 면면까지 관리하도록 요구받는다. 즉, 오늘날 교사는 (적어도 학교 교사는) 학생에게 교육 과정이 요구하는 지식에 더하여 사회적 규범과 가치관에 대한 지식을 전수하고 학생 개인의 일상까지 관리하는 자여야 하며, 또한 그를 위한 기술을 갖춘 전문가여야 한다. 충분한 자격을 갖추고 학생들을 교화해 내는 의무를 효율적으로 수행해 낼수록 유능한 교사이다. 한편 학생은 국가가 제공하는 교육 서비스를 받는 '고객'인 동시에 의무적인 교육 과정을 필수적으로 이수해야 하는 '관리 대상'이다. 학생의 정체성에는 '공교육 서비스의 소비자로서의 권리'와 '훈육 대상으로서의 의무'가 미묘하게 뒤섞여 있다. 결국 교사는 학생과 이중적인 긴장 관계를 형성할 수밖에 없다. 교육제도의 요구에 등을 떠밀려 학생들을 관리하려 할 때는 학생들의 저항에 직면하고, 학생들이 소비자로서 권리를 행사하려 할 때는 그들의 냉엄한 평가를 받아들여야 한다. 결국 교실을 장악하리란 야망에 차 있던 교사는 늦든 빠르든 좌절에 맞닥뜨린다.

> "어떤 동료들은 자신이 카라얀인 줄 알고 시골의 마을 합창단 지휘를 견디지 못하는 겁니다. 그들은 모두 베를린 필을 꿈꾸죠. 이해가 가는 일이에요……."(『학교의 슬픔』, 162쪽)

결국 교사들은 저 두 개의 위태로운 다리 사이 어딘가에서 각자의 길을 찾아야 한다. 그 과정에서 나와는 다른 길을 걷는 교사와 다시 충돌을 빚고, 수많은 학생들과 대면하면서 겪는 다채로운 사건들에 의해 기껏 정한 길에 대한 믿음이 흔들리기도 한다.

그리고 여기 한 노(老)교사가 있다.

그도 모든 교사들이 겪는 고통을 겪어 왔으며, 여전히 겪고 있다. 그의 수십 년간의 교직 생활은 결코 끝나지 않는 고뇌의 연속이었다. 그의 일은 사람을 대하는 일이기 때문이다. 그렇기에 그는 그 고뇌 속에서 한 가지 질문을 끊임없이 반복한다.

"선생으로서, 어떻게 학생을 만날 것인가?"

아마도 그 대답이 '교사란 무엇을 하는 사람일까'에 대한 또 다른 답이 되리라. 그 답을 알기 위해 나는 그 늙은 교사의 말을 들어보기로 했다.

아이들과 읽을 두번째 책으로, 늙은 교사 다니엘 페나크(Daniel Pennac)의 『학교의 슬픔』을 택했다.

2.

페나크는 『학교의 슬픔』을 통하여 학창 시절 자신이 구제불능의 열등생이었음을 고백한다. 그 때문일까. 자신의 교직 생활에 대한 그의 회고는 학교에 잘 적응하지 못하는 아이들, 학교로 인하여 고통받는 열등생들과의 만남에 적지 않은 분량을 할애한다. 어떻게 그 아이들에게 다가가야 하는가? 어떻게 그 아이들의 고통을 '치유'할 것인가?

수많은 에피소드를 거쳐 마침내 도달한 결론부에서 그가 내린 답은, 뭐랄까, 읽는 이에게 얼떨떨한 느낌을 안긴다. 노련한 교사가 된 그는 열등생이었던 시절의 자신과 마주한다. 열등생 페나크는 교사 페나크에게 일갈한다. "교사들은 열등생을 대할 준비가 되어 있지 않다. 그런 주제에 아이들한테 어설픈 감정이입을 할 뿐이다." 그들은 날선 대화로 서로를 할퀴며 답으로 향한다. 이렇게.

"(상략) 사회복지사가 왜 학교에서 공부하지 않느냐고 물어볼 때 열등생이 뭐라고 대답하는지 알아?"

"정확히 **선생님들과 똑같은** 얘기를 하지. '그것', '그것' 말이야! 학교는 나한테 맞지 않아요. 난 '그것'에 안 맞아요. 바로 이렇게 대답한다고. 그 아이 역시 자기도 모르게 무지와 앎 사이의 끔찍한 충격에 대해 말하는 거야. 선생님들의 '그것'과 동일한 '그것'. 학생들은 자기들이 학교에 맞지 않는다고 생각하고, 선생님들은 그런 학생들은 맞이할 준비가 되어 있지 않다고 생각하는 거지. 양쪽 모두 똑같이 '그것'을 말하는 거야!"

"감정이입을 치워 버리면, '그것'은 어떻게 치유하지?"

여기서 그는 엄청 주저한다.

(중략)

"'감정이입'보다 더해?"

"비교도 안 되지. 네가 초등학교나 중고등학교, 아니 대학이나 그 비슷한 곳에서는 절대 입 밖에 낼 수 없는 말이야."

"뭔데? 해봐."

"아니. 정말이지 못하겠어……."

"자, 어서!"

"난 못한다니까! 교육을 말하면서 이 말을 내뱉었다간 넌 린치당할 거야."

"……."

"……."

"……."

"사랑."(『학교의 슬픔』, 365~367쪽, 강조는 원저자)

이 대답은 우리에게 두 가지 의문을 동시에 불러일으킨다. 하나
는 "그렇게 이야기를 질질 끌어 놓고 내놓은 대답이 겨우 '사랑'이
라고?"와 다른 하나는 "왜 교육에서 사랑을 말하는데 린치를 당한
다는 거야?". 그리고 이 질문들은 서로에 대한 답이기도 하다. 페나
크가 기나긴 이야기 끝에 사랑이라는 답에 이른 이유는 교육에 있
어 사랑이라는 단어가 그만큼 중요하기 때문이다. 그럼에도 교육
에서 사랑을 말했을 때 린치를 당할 수 있는 이유는 교육 전문가가
입에 담기에는 그것이 너무나 뻔한 단어이기 때문이다.

만일 당신이 교사 생활을 막 시작한 젊은 교사이고 아이들을 가
르치는 데 어려움을 겪다가 늙은 교사에게 조언을 요청했다고 상
상해 보자. 그때 늙은 교사가 "사랑으로 아이들을 만나라"고 조언
해 준다면, 단지 그뿐이라면, 당신은 어쩔 수 없이 수긍하면서도 실
망할 것이다. '그런 뻔한 대답이나 듣고자 조언을 구한 게 아닌데.'
통계 자료와 아동발달이론, 심리학에 근거한 대화 테크닉, 각종 상
담지원제도 따위에 비하면 '사랑'이라는 단어는 공허하기 짝이 없
다. 도무지 교육 전문가가 쓸 법한 단어가 못 된다. 심지어 아이들

조차도 과연 사랑이 답이 될 수 있는가에 대해 의문을 품는다.

"학생들은 선생님으로부터 사랑으로 치유를 받아야 하고 학
생들도 사랑으로 선생님들을 대하면 된다고 작가는 말하지만
(……) 선생님과 학생의 관계도 사랑으로만 해결해 나갈 수 있
을지 의문점이 생긴다."(우석이의 『학교의 슬픔』 감상문 중에서)

나는 우석이의 질문에 대해 무언가 대답해야 했다. 사랑으로는
모든 걸 해결할 수 없다고 인정해야 할까? 그건 쉬운 대답이고 틀
린 대답도 아니다. 하지만 나는 조금 다른 대답을 썼다.

"사랑, 우정, 희망, 꿈. 때때로 사람들이 이러한 단어들에 넌더
리를 내는 이유는 그것들이 추하거나 싫어서가 아닙니다. 그
것들이 너무나 추상적이고 거대하게 느껴지기 때문이며, 따라
서 그것들로부터 현실감을 느끼기 힘들기 때문이고, 영영 닿
지 않을 것처럼 느껴지기 때문입니다. 그 과정에서 쓰는 사람
들에 따라 제각기 뜻이 왜곡되기도 하고, 터무니없는 일들을
얼버무리는 데 쓰이기도 하는 것입니다.
그러니 이런 단어를 논하기 위해서는 그 단어를 아주 구체적
이고, 실천적으로, 자기 나름의 방식으로 '정의'하는 것이 중
요합니다. 또 그 의미를 다른 사람들에게 잘 설명할 수 있어야
합니다. 달리 말하자면 삶 속에서, 현실 속에서 우리 손에 닿

고 느낄 수 있는 형태로 만들어야 한다는 의미입니다."(우석이
의 감상문에 단 답글 중에서)

그리고 페나크는 그가 말하는 '사랑'을 다음과 같이 설명한다.

해마다 똑같은 일이 벌어진다. 나란히 나 있는 투명 유리창에 속아 꽤
많은 제비가 천장 유리에 머리를 찧는 것이다. (중략) 퍽! 기절해 카펫
위로 떨어진다. 그러면 우리 둘 중 하나가 몸을 일으켜 손바닥을 오므
린 채 기절한 제비를 감싸 안고 (중략) 다시 깨어나기를 기다렸다가 제
친구들 쪽으로 날려 보낸다. 부활한 새는 아직 좀 비틀거리긴 하지만
되찾은 허공 속을 지그재그로 날아오른다. 그리고 남쪽을 향해 돌진
해 자신의 미래 속으로 사라진다.
나의 이런 메타포가 얼마나 가치가 있을지 모르지만, 교육에 있어서
의 사랑은 우리 학생들이 미친 새처럼 날아갈 때와 비슷하다. (중략)
날개가 부러진 제비떼를 학교 생활의 혼수상태에서 깨어나게 하는
일.(『학교의 슬픔』, 369~371쪽)

다니엘 페나크라는 교사는 꿈에만 젖은 이상론자도 허울 좋은
말만 떠들어 대는 위선자도 아니다. 그는 오늘날 학생들이 일찌감
치 소비자로서 길러지는 현실을 이해한다. 젊은 교사들이 '교육 전
문가' 역할만으로도 힘겨워하며 더 많은 전문적인 지원을 요구하
는 현실을 이해한다. 파리 중심가의 학교들에서 점점 더 유색인 학

생들이 사라져 가고 있는 현실을 이해한다. 제각기 다른 현실에 처해 있는 학생들이 존재하며 그 모든 학생들이 도구화되고 있는 현실을 이해한다. 무엇보다 그는 '아이들을 사랑으로 대하라'는 말이 공허하게 울릴 수밖에 없는 현실을 이해한다.

그럼에도 그는 사랑을 말하는 것이다.

3.

한 사람의 말은 결코 그 사람의 삶을 넘어설 수 없다. 다니엘 페나크는 성인(聖人)으로 살지도 않았고 혁명가로 살지도 않았다. 아이들을 사랑하고자 했지만 성인의 무제한적인 사랑을 베풀 수는 없었고, 학교라는 공간의 통제 기능과 구속력을 이해했지만 공간 그 자체를 개변할 수는 없었다. 그는 단지 교사다. 작가이기도 하지만, 결국 단지 교사일 뿐이다.

> 내 직업의 일부는 스스로를 가장 많이 포기해 버린 '내' 학생들을 설득해, 따귀보다는 정중한 대우가 더 영향력 있는 반성에 이르게 한다는 것을 믿게 하는 것이었다. 공동생활에는 구속이 따른다는 것, 숙제 검사의 시간과 날짜는 협상할 수 없다는 것, 날림으로 한 숙제는 다음날 다시 해야 한다는 것, (중략) 나와 내 동료들은 절대 그들을 중간에 포기하지 않는다는 사실을 설득시키는 것이었다.(『학교의 슬픔』, 206쪽, 강조는 원저자)

그는 자신이 교사로서의 일을 해왔을 뿐이라고 주장한다. 아이들이 학교라는 공간의 규율에 익숙해질 수 있도록 최선을 다했을 뿐이라고 말한다. 생활 규칙들, 시간표, 숙제, 시험이 아이들의 몸에 밸 수 있도록 노력했다고. 관리자로서의 교사의 직무에 충실했다고.

그의 말은 틀리지 않다. 다만 한 가지를 누락시키고 있다. 교사로서의 직무에 충실하기 위해 그가 했던 일. 해야만 했던 일——아이들과 교신하기 위해 끊임없이 문을 두드리는 일.

아마도 그곳이 틈새였을 것이다. 직무와 일상의, 일과 삶의, 공과 사의 틈바구니. 그의 사랑은 그 자리에서 움텄을 것이다.

오늘날 우리는 직무와 일상 사이에, 일과 삶 사이에, 공적인 것과 사적인 것 사이에 넘어설 수 없는 선을 그으려 한다. 우리 스스로도 그러길 바라고, 주위에서도 그것을 권장한다. 그런데 이 분할 구도에서 교사의 위치는 지극히 애매하다. 교사는 직무로서 지극히 공적으로 공정하게 아이들을 감시하고 평가해야 한다. 하지만 동시에 아이들의 세세한 부분까지 살펴야 하는 관리자로서 아이들과 밀접한 인간관계를, 일반적으로는 일상의 영역이자 삶의 영역이고 사적인 영역의 관계를 형성할 것을 주문받는다. 교육제도는 이 두 가지를 끊임없이 통합, 재편하려 시도해 왔으며 적지 않은 성공을 거두었으나 완벽히 장악하지는 못했다. 여전히 많은 교사들이 그 틈바구니에서 고민을 거듭하고 있다는 것이 증거다.

선생으로서, 어떻게 학생을 만날 것인가?

기절한 제비를 되살려 보내는 페나크의 사랑이 그 공과 사의 사이 어디쯤 위치하는지 나는 확신하지 못한다. 일평생 수많은 문들을 두드리며 아이들과 교신하려 했을, 수많은 제비들을 다시 깨워 하늘 저편으로 날려 보냈을 그의 목소리는 그 경계선 자체를 흐트러트리고 균열을 불러일으키는 장중한 울림이다. 아마 페나크 그 자신도 확실한 대답을 돌려주지 못하리라. 그래서 그는 그 행위들을, 자신이 쌓아 온 시간들을 사랑이라고 말했다.

아이들을 어떻게 만나야 할지 그 정답을 알지 못한다. 실제로 어떤 만남이 될지도 알지 못한다. 그저 고민하고 또 고민하면서도, 문이 영영 닫히지 않게 하기 위하여 또다시 두드린다. 그것이 전부다.

때로는 길을 따라가는 데 실패하고, 몇몇은 다시 깨어나지 못해 카펫에 그대로 남아 있거나 다음번 유리창에 목이 부러지기도 한다. 이런 아이들은 제비들을 묻어 준 정원의 깊숙한 구덩이처럼 우리 의식 속에 회한의 구멍을 남긴다. 하지만 매번 노력하고, 노력했을 것이다. 그들은 **우리의** 학생이니까. 이 아이 혹은 저 아이에 대한 호감이나 반감(더할 나위 없이 현실적인 문제이긴 하지만!)의 문제는 고려의 대상이 되지 않는다. 아이들에 대한 우리 감정의 정도를 말한다는 건 너무 쉽다. 지금 문제가 되는 사랑은 그런 게 아니다. 기절한 제비는 되살려야 하는 제비일 뿐이다. 그뿐이다.(『학교의 슬픔』, 371쪽, 강조는 원저자)

4.

스스로에게 다시 묻는다.

나는 학교 선생님이 아니다. 일주일 한 번, 단 두 시간 아이들과 만나 대화할 뿐이다. 그럼에도 나는 페나크가 그랬듯 몇 번이고 녀석들의 문을 두드릴 준비가 되어 있을까? 사랑을 말할 수 있을까?

나는, 녀석들의 선생님일 수 있을까?

김명길, 『학교는 시끄러워야 한다』

가르침은 '삶'으로써

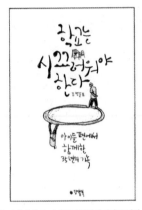

김명길, 『학교는 시끄러워야 한다: 아이들 편에서 함께한 35년의 기록』, 양철북, 2015

1.

『학교는 시끄러워야 한다』는 봄에 읽은 책들 중 아이들이 가장 좋아했던 책이었다. 나이 든 교사가 교직 생활을 되돌아보며 쓴 수기라는 점에서는 『학교의 슬픔』과 같지만, 아이들은 프랑스 선생님의 프랑스 학교 이야기보다는 우리나라 선생님의 우리나라 학교 이야기를 더 즐거워했다. "우리 학교에도 이런 선생님이 있었으면 좋겠어요." 이 책을 읽으며 아이들은 이 말을 참 많이도 했다. 그래서인지 마음에 드는 구절로 골라 온 부분도 서로 비슷비슷했다. 몇 명이나 되는 녀석들이 똑같은 부분을 골라 왔다. 바로 이 부분이다.

수진이는 영어 심화반에 편입되었다. 안 한다는 것이 통하지 않는 이 학교에서 수진이 뜻과는 상관없이 수업을 받아야만 했는데, 이 금액은 면제 혜택을 받을 수 없었다. 바로 오늘이 그 돈을 내는 날이고, 액수는 3만 5천 원이다.

그런데 수진이네는 그 돈조차 낼 형편이 안 된다 한다. 이 소리를 듣고 가슴이 답답해 왔다. 오죽하면 이 얌전한 아이가 내게 와서 이런 소리를 할까. 나는 그 얘기를 듣고 한참을 앉아 있다가 "그래, 어머니께 아무 걱정하지 마시라고 전해 드려." (중략) 얼굴은 웃는 모습인데 눈에서는 눈물이 나오는 이 아이를 보면서 내 가슴은 찢어졌다. 나도 모르게 수진이를 꼭 안았다. 그러면서 "수진아, 너무 걱정하지 마. 이건 네 잘못이 아니야. 물론 부모님 잘못도 아니고. 세상이 잘못된 거야." (중략) 나는 아이들에게 강제로 보충수업을 시키고 돈을 받고 있는데, 아무 죄 없는 이 아이는 겨우 3만 5천 원이 없어 눈물을 흘린다는 것이 말이 되는가.(『학교는 시끄러워야 한다』, 78~79쪽)

학생 한 명 한 명의 이야기에 귀 기울이고 신경 써 주는 선생님. 학교에 대고 아닌 건 아니라고 말할 수 있는 선생님. 항상 학생의 편에 서는 선생님. 책의 저자인 김명길은 자신은 그런 선생이 되고자 했다고 말한다. 아이들이 정말 멋진 선생님이라고, 너무 좋았다고 서로 재잘대는 동안 나는 고개를 끄덕이면서도 속으로 슬며시 한마디를 덧붙였다.

'하지만 그건 어려운 일이야. 정말로 어려운 일이야.'

2.

몇 해 전인가, 한창 '멘토' 열풍이 불었던 적이 있다. 특히 청년과 청소년들을 대상으로 한 멘토 서적들이 유행했다. '아프니까 청춘이다.' '천 번을 흔들려야 어른이 된다.' 그리고 얼마 뒤, 청년들은 그들 멘토에게 이렇게 대답했다. "아프면 환자지, 개XX야! 뭐가 청춘이야!"

아무리 듣기 좋은 미사여구로 치장을 해도, 아니 되레 번지르르하게 꾸며 놓았기에 현실의 고통은 더욱 생생하게 되살아났다. 애초에 그들 멘토들——'선생'들과 청년들이 서 있는 곳은 달라도 너무 달랐다. 그들이 그토록 고통을 아름답게 말할 수 있었던 것은 애초에 그들이 그 고통스러운 현실에서 비껴 서 있었기에 가능했던 일이었다. 청년들이여, 당당하게 현실과 맞서라——우리들은 맞설 일 없는 현실에. 그들의 말은 공허했고, 청년들은 그들의 성공을 동경할지언정 그들의 말에서 배움을 찾으려 하지는 않았다. 그들은 저명한 멘토는 될 수 있었을지 몰라도, 좋은 선생은 될 수 없었다.

과연 좋은 선생이란 어떤 사람을 말하는 것일까. 아마도 그를 보고서 가르침을 얻고자 하는 마음이 들게 하는 이가 좋은 선생이리라. 그렇다면 가르침이란 무엇을 말하는 것일까. 어떻게 하면 누군가로 하여금 가르침을 얻고자 하는 마음이 들게 할 수 있을까.

『학교는 시끄러워야 한다』는 사실 일기를 모아 놓은 책이다. 김명길이라는 한 교사가, 교사란 마땅히 학생들의 편에 서야 한다는 믿음을 가진 나이 든 교사가 수십 년 동안 쓴 일기들을 추려 모은 책이다. 앞의 많은 아이들이 골라 온 부분은 그중에서도 가장 극적인 부분 중의 하나이고 그것이 아이들의 마음을 사로잡은 까닭일 것이다. 하지만 삶은 영화가 아니기에 항상 스펙터클할 수는 없다. 현실 속 우리 삶을 괴롭게 만드는 악역은 정신 나간 연쇄살인마나 세계 정복을 꿈꾸는 악의 세력이 아니라 자기 몸, 자기 가족 걱정하기 바쁜 직장 상사나 숨 쉬듯 자연스레 우리 삶을 둘러싸고 있는 사회의 시스템이다. 여기에는 위대한 대결도, 영광스런 승리도, 하다못해 장렬한 패배도 존재하지 않는다.

일기는 김명길이 교사로서 살아 낸 수십 년의 일상을 되돌아보며 그가 가진 믿음으로 인해 그가 겪은 좌절들과, 현실적인 어려움들과, 어느 사이엔가 끝나 버린 만남들, 침묵하고 흘려보내야만 했던 순간들을 담담한 어조로 담아 낸다. 그 자리에 존재하는 것은 영웅의 장엄한 서사가 아니라 지나쳐 가는 하루하루 속에서 자신의 믿음을 관철코자 했던 노력의 기록들이다.

공부도 반에서 3등을 할 정도로 잘하니 (중략) 공부로 대학을 가는 게

이 아이에게는 쉽다. 그것을 놔두고 노래를 시작하려 하면 얼마나 힘든 길을 걸어야 할까? (중략) 여기에는 이 세상도 학교 선생도 부모도 모두 이 아이 편이 아니다. 나조차도 은실이 편을 들어 줄 수가 없다. (중략) 더 이상 이야기해야 소용이 없을 것 같아 그만하자고 했다. 그리고 도움이 되지 못해 미안하다고 했다. 은실이는 오히려 내게 이야기 들어 주어서 고맙다고 한다. 언제든지 말할 상대가 필요하면 내게 오라고 했지만 은실이에게 얼마나 도움이 될까. 그저 그 애 이야기를 듣는 것으로 담임으로서 그 아이에 대한 의무를 다했다고 할 수 있는 걸까?(『학교는 시끄러워야 한다』, 103~104쪽)

"(상략) 오늘 아침에는 한 학생을 그 아이의 본심과는 상관없이 내 마음대로 나쁜 쪽으로만 생각하고 큰소리를 쳤습니다. 어쩌면 그 아이의 얘기가 맞을 것이라는 생각도 해야 했는데, 그렇게 하지 못한 점 정말 죄송하게 생각하고 그로 인해 반 분위기를 가라앉게 한 점도 미안하게 생각합니다. 앞으로는 좀더 마음을 넓게 쓰겠습니다. (중략) 다시한번 오늘 일 사과드립니다" 했다.

우리 반 아이들은 아무 말 없이 내 이야기를 듣고 있었다. 아무런 표정들이 없어 내 사과를 받아들인다는 것인지 안 받아들인다는 건지 잘알 수 없었다. 아무튼 이렇게 하고 교무실에 왔다. 하지만 어떻게 해도 내 마음은 편해지지 않는다. 또 한 사나흘 지나야 오늘 일을 잊겠지.(『학교는 시끄러워야 한다』, 234~235쪽)

녀석들은 좋게 끝난 이야기가 담긴 날의 일기뿐 아니라 이런 날의 일기들도 다 읽고서 왔다. 그런데도 이 선생님 참 좋다고, 이런 선생님이 우리 선생님이면 좋겠다고, 이 선생님한테 배우고 싶다고들 했다. 녀석들이 이 책에서 읽어 낸 김명길의 가르침은 무엇이었을까? 그는 녀석들에게 무얼 보여 준 것일까?

시시한 일상. 부대껴야 하는 현실. 크고 작은 사건들 사이에서 때로는 성공하고 때로는 실패하는 시도들. 그 모든 것은 때로는 길게 남고 때로는 짧게 잊혀지는 기억들이 되며, 고민과 후회들이 되고, 다짐들이 되어 남는다.

그가 녀석들에게 보여 준 건 그 모든 것이었다. 그의 삶이었다.

3.

말에는 위대한 힘이 있지만 삶과 동떨어진 말은 그 힘을 잃는다. 청년들의 멘토들의 말이 그랬던 것처럼 힘을 잃은 말은 그저 덧없이 허공으로 흩어진다. 결국 누군가를 가르치기 위해서는 삶으로써 보여 주어야 한다. 완벽한 삶을 보여 주어 동경을 받으라는 뜻이 아니다. 동경이란 동일시의 감정이다. 모든 이에게 주어진 현실이 다른데 그저 똑같이 되고자 하는 동경은 몰이해에 지나지 않는다. 삶으로써 보여 주어야 하는 가르침은 내게 주어진 현실 속에서, 수많은 시행착오 속에서, 전혀 스펙터클하지 않은 일상 속에서 나 자신이 어떻게 나의 믿음을 가지고 나의 삶을 구성해 가는가 하는 것이다. 그리고 그것은 누군가로 하여금 자신을 동경하게 만드는 것보다 훨씬 어려운 일이다.

쉬는 시간에 있었던 일이다. 다들 저마다 흩어져서 휴대폰을 들여다보고 있거나 수다를 떨고 있는데 문득 희진이가 한탄을 했다.

"선생님, 저 여기 올 때마다 너무 힘들어요."

그렇게 수업이 재미없나 싶어 속이 뜨끔했다. 애써 내색하지 않으면서 조심스럽게 되물었다.

"왜? 책이 어려워?"
"아뇨. 그게 아니고, 책에서는 이렇게 학교에 문제가 많고 잘못된 부분도 많다고 배우잖아요. 근데 전 내일이면 다시 그 학교에 가야 된다고요. 이제 매일 학교에 갈 때마다 책에서 짚어준 문제들이 막 눈에 보이는데, 저는 그래도 계속 학교에 다녀야 되잖아요. 그게 너무 힘들어요."

순간 머리를 망치로 한 대 맞은 것 같은 느낌이 들었다. 그리고 곧 나 자신에게 화가 치밀었다. 첫째는, 애초에 녀석들이 제 주변을 돌아보길 바라는 마음으로 이 커리큘럼을 짰음에도 이런 일이 생길 가능성을 잊었다는 사실에 화가 나서였고, 둘째는, 나 역시학생일 때 희진이와 똑같은 경험을 했음에도 불구하고 잊고 있었다는 사실에 화가 나서였다.

생각해 보면 희진이는 꾸준히 그런 문제들에 대해 이야기하고 있었다. 『학교는 시끄러워야 한다』에서조차 희진이가 골라 온 부분은 다른 아이들과 조금 달랐다.

"나는 '소 같은 아이, 상태' 부분에서 주인공인 상태보다는 배경인 선도부가 더 인상 깊었다. 아버지의 평가를 들었기 때문일까, 그냥 더 주목되는 인물(단체)이었다. 이 글의 배경은 1981년도이니, 학생인권은 없었을 거다. 역시 그래서 아버지는 참 많이 맞으셨다고 한다. 선생님들보다 더 많이 때리는 선도부였다고. 굉장히 우스운 일이 아닐 수 없다. 학생들끼리 계급이 나뉘고, 감시하며, 체벌을 할 수 있다는 것이."(희진이의 『학교는 시끄러워야 한다』 감상문 중에서)

그날, 희진이에게 무슨 말을 해주었는가는 정확히 기억이 나지 않지만 대체 어떤 말을 해주어야 하나 깊이 고민했던 기억은 난다. 까딱하면 무책임하고 의미 없는 말이 될 수 있다는 걸 알았기 때문에 한마디조차 꺼내기가 조심스러웠다. 내일이면 다시 학교를 가야 하는 희진이, 어쨌거나 학교를 졸업한 나 자신. 그 간극을 어떻게 건너야 할지 알 수가 없었다. 아마 분명 제대로 된 말을 해주지 못했으리라. 무언가 말했다 하더라도 제대로 전해지지 못했으리라. 결국은 그 또한 삶과 같이 가는 말이어야 닿을 수 있는 것이다.

그렇기에 무엇을 가르칠까를 고민한다는 것——아이들에게 무엇을 전할 것인가를 고민한다는 것은 곧 나 자신이 어떻게 살고자 하는가를 고민한다는 것과 다르지 않다. 매 시간 수업을 준비할 때마다 그 사실을 곱씹게 되고, 막막함이 찾아온다. 그것은 일생에 걸쳐 던져야 하는 물음이 아닌가. 그 대답을 구하지 못하면 가르친다는 일은 영영 불가능한 것일까.

그 무게에 짓눌리면서 문득 떠올린 건 희진이와 같은 물음을 던졌던 시절, 그때 나의 선생님들이었다. 하루하루 학교생활을 힘겨워하던 나에게 함께 고민해 보자고, 함께 바꿔 보자고 손을 내밀어 주셨던 선생님들이 계셨다. 하지만 모든 일이 쉽지 않았다. 나와 친구들을 힘들게 하던 것은 어떤 한 사람이 아니라 대안학교조차 자유로울 수 없었던 입시 위주의 이 나라 교육 구조였다. 제아무리 교사라고 해도, 아니 한낱 교사이기에 쉬이 바꿀 수 없는 것들이었다. 작은 성과들도 있었지만 아무리 고민하고 노력해도 바뀌지 않는 것들 역시 있었다. 그렇게 1년, 2년이 흘렀고 그 문제들을 뒤에 남겨 둔 채 나는 학교를 떠났다. 그리고 지금 내가 기억하는 고교 시절의 배움은 그 시절의 기억이 전부다.

그때 선생님들은 우리를 제자 아닌 동료라고 불러 주셨고 우리는 그분들의 바로 곁에서 함께 말하고 일하면서 그분들이 괴로워하는 모습을 지켜봤다. 그분들은 힘겨워하는 학생들을 보며 교사란 무엇인지 교육이란 무엇인지 끊임없이 스스로에게 되물으셨다. 멈추지 않는 그분들의 고뇌 그 자체가, 교육이라는 것에 대한,

아이들을 대하는 그 삶의 태도가 내게 남은 고교 시절의 배움이었다는 사실을, 나는 가까스로 떠올렸던 것이다.

나는, 학교 교사가 아니다. 그래서 김명길이 그랬던 것처럼 녀석들과 일상을 길게 공유하면서 보충수업비를 대신 내주거나 교사 회의에서 교칙과 맞설 수는 없다. 내가 녀석들을 만나는 건 일주일에 두 시간, 한 권의 책을 통해서다.

하지만 그럼에도 나는 그 아이들에게 무엇을 가르칠 것인가를 고민해야 한다. 그 두 시간과 한 권의 책을 통해 아이들에게 무엇을 전할 수 있는가를, 그를 위해 나 자신은 어떤 삶을 살아갈 것인가를 끊임없이 고민해야 한다. 왜냐하면 나의 선생님들이 이미 알려 주었던 것이다. 그 삶의 태도가 이미 가르침이 될 수 있다는 사실을. 부족하게나마 그것으로 나는 내 선생님들이 그랬던 것처럼 녀석들의 선생이 될 수 있다.

나는 그렇게 믿는다.

존 테일러 개토, 『바보 만들기』

'바보'가 아니라고 말함으로써

존 테일러 개토, 『바보 만들기: 왜 우리는 교육을 받을수록 멍청해지는가』, 조응주 옮김, 민들레, 2017

1.

이쯤에서 슬슬 학교제도에 대한 나의 견해를 고백해야 할 것 같다. 『사랑의 학교』 대신 『수레바퀴 아래서』를 고른 시점에서 이미 들통났을 수도 있겠지만, 그렇다. 나는 학교제도에 대해 상당히 비판적인 시선을 가지고 있다. 몇몇 교사들의 인성이나 도저히 '구제가 불가능한' 몇몇 학생들을 문제 삼으려는 것이 아니라, 그 제도가 만들어질 때부터 내재되어 있는 태생적인 결점들에 대하여 말하려는 것이다. 내가 묻고 싶은 것은 이것이다. 그래서 대체——아이들은 학교에서 무엇을 배우는가?

일반적으로 이런 종류의 질문을 던질 때에는 매우 조심스러워져야 할 필요가 있다. 이것은 근본적인 지점을 건드리는 질문이고, 까딱하면 질문하는 사람이 얼간이로 여겨지거나 질문을 받는 사람을 얼간이로 여긴다고 오해받을 여지가 다분하기 때문이다. 아이들이라고 해서 예외는 아니다. 이야기를 시작하기도 전에 불쾌감부터 느끼지 않도록, 천천히, 신중하게 접근해야 한다. 아뿔싸, 그런데 책 제목이… 너무 노골적이다.

『바보 만들기』.

"이거, 우리가 바보라는 거예요?"

한참 동안의 침묵 끝에 누군가가 물었다.
자, 그럼, 어떻게 대답해야 할까.

2.

제목에서부터 알 수 있듯 존 테일러 개토(John Taylor Gatto)의 화법은 대단히 직설적이다. 절대 말을 빙빙 돌리거나 논점을 회피하는 법이 없고, 그것이 아무리 민감할 수 있는 문제라 하더라도 여과

없이 자신의 생각을 드러낸다. 나는 그런 개토의 목소리를 빌려, 지난번 『수레바퀴 아래서』를 통해 이미 던지려 했던 질문——학생들은 학교에서 무엇을 배우는가——을 돌직구로 꽂았다.

사실을 말씀드리자면 학교에서는 아이들에게 명령을 따르는 법 말고는 가르치는 것이 아무것도 없습니다. 참으로 이해할 수 없는 일입니다. 수없이 많은 선량하고 열성적인 사람들이 학교에서 교사로, 직원으로, 보조원으로 일하고들 있는데도 말입니다. 그 사람들의 개인적인 노력이 제도 자체의 추상적 논리 속에 파묻혀 버리는 것입니다. 교사들이 아무리 정성을 쏟고 열심히 일해도 제도 자체가 미치광이입니다.(『바보 만들기』, 66쪽)

학교가 아이들에게 가르치는 것은 단 하나, 의존성뿐이다——뉴욕 시 '올해의 교사상'을 세 번이나 수상한 이 전직 교사의 폭로는 읽는 이 누구에게나 당혹감을 불러일으킨다. 그 말은 흡사 '학교제도에는 문제가 있다'를 넘어서 '학교제도는 존재 가치가 없다'고 말하는 것처럼 들리기 때문이다. 전자는 '고쳐야 한다'로 이어지지만, 후자는 '없애야 한다'로 이어진다. 아무리 학교에 문제가 있다고 느끼는 사람이라도 학교 자체를 없애야 한다고 말하는 것에는, 아니 그와 같은 생각을 하는 것조차 무언가 꺼림칙함이 뒤따른다. 그것은 교육의 최전선에서 학교제도의 고충을 온몸으로 실감하고 있을 녀석들도 예외는 아니었다. 한마디로 다들 패닉에 빠져 버렸다.

"책에서는 학교가 가르치는 게 명령을 따르는 법뿐이라고 했다. 하지만 실제로 이런 생각을 하는 학생은 거의 없다. 다들 세상 돌아가는 대로 사는 거다. 근데 이게 맞는 말이다. 학교에서는 명령을 따르는 법 말고는 가르치는 게 없다. 우리는 지금까지 뭘 배우는지도 모르고 학교를 다녔다. 그래도 나는 학교가 필요한 공간이라고 생각한다."(수인이의 『바보 만들기』 감상문 중에서)

"모르겠다. 학교에 대한 믿음을 사람들이 품고 있는 이유도 모르겠다. '학교'란 왜 만들어졌을까? 누가 만들었을까? 사람들은 왜 배우려고 하는 것일까? 솔직히 학교에서 배우는 것들이 우리 생활에는 쓸모없지 않은가⋯."(지안이의 『바보 만들기』 감상문 중에서)

"계속 책을 봤지만 이 사람이 왜 계속 학교의 교육만 뭐라고 하는지 잘 모르겠다. 이게 여기에 맞을지는 잘 모르겠지만 이 작가의 나라는 잘 모르겠지만 우리나라는 '학원'이란 게 있다. 나는 이 학원도 너무 싫다. 차라리 친구가 있는 학교에서 있는 게 덜 힘들 것 같다. 이 제도(학원)도 없어졌으면 좋겠다."(민경이의 『바보 만들기』 감상문 중에서)

개토의 말이 너무 앞서 나간 것도 같은데 맞는 말인 것도 같아이랬다가 저랬다가 하는 수인이, 이도 저도 못하고 다 모르겠다며 주저앉아 버린 지안이, 대체 무슨 말인가 곰곰이 되씹다 보니 학원에 대한 분노까지 덩달아 울컥 북받친 민경이. 반응은 각양각색이었지만 어느 글에서나 녀석들이 느낀 당혹감이 생생하게 전해져 온다.

오직 의존성만을 가르치는 곳, 스스로 무언가를 해낼 수 없는 바보들을 만드는 곳. 학교를 비판하는 개토의 논리는 녀석들이 반박하기에는 너무나 예리하고, 폭풍처럼 몰아친다. 그가 사용하는 모든 언어가 녀석들에게는 낯설다. 평소 어른들이 이야기해 주는 학교와는 너무나 다른 학교가 펼쳐진다. 수업 내내 표정이 잔뜩 굳어 있던 윤지의 글은 이렇게 시작한다.

"선생님들은 학교는 작은 사회라고 하신다. 그러면서 학교생활을 잘해야지 나중에 사회생활을 잘할 수 있다고 하신다. 그래서 나는 그렇게 생각했었다."(윤지의 『바보 만들기』 감상문 중에서)

하지만 개토는 이렇게 일갈한다.

학교에서의 훈련을 교육이라 부를 수 없는 것과 마찬가지로 학교와 같은 조직은 사회라고 할 수 없습니다. 젊은이들이 가진 시간의 절반을 가둬 놓음으로써, 같은 나이 또래의 젊은이들을 저희들끼리만 묶어 놓음으로써, 일의 시작과 끝을 종소리로 통제함으로써, 여러 사람들에게 똑같은 주제를 똑같은 시간에 똑같은 방법으로 사람들에게 등급을 매김으로써, 그리고 그밖에도 수십 가지 천박하고 우매한 방법으로 학교라는 조직은 사회의 생명력을 훔쳐 내고 추악한 기계론만을 심어 놓습니다. 그런 조직 속에서 인격을 손상당하지 않고 견뎌 낼 수 있는 사람은 아무도 없습니다. 아이들도, 교사들도, 행정가들도, 학부모들도.(『바보 만들기』, 104쪽)

개토는 '사회'와 '조직'을 명확히 구분하여 사용하는데, 그에 따르면 사회는 '온전한 사람들'의 모임이다. 자신이 속한 모임의 중요한 일들에 대해 자기 목소리를 내면서 자기 힘을 쏟을 줄 알고, 그러면서도 다른 사람들의 목소리를 귀담아 들을 줄 알며, 서로를 이해하고 소통할 수 있는 사람들이 온전한 사람들이다. 그에 비해 '조직'은 '조각난 사람들'의 모임이다. '조각난 사람들'은 그들이 속한 모임에 길들여진 사람들로서, 그들이 속한 모임이 필요로 하는 일들, 모임이 시키는 일들만 할 줄 알고, 그 대가로 무언가 얻기를 바라는 사람들이다.

개토가 보기에 학교는 명확히 사회가 아닌 조직이다. 그러나 윤지에게는 이 모든 말들이 익숙지 않다. 윤지는 질문으로, 비단 윤지가 아니었더라도 다른 아이들도 모두 묻고 싶었을 질문으로 자신의 글을 끝맺는다. "학교는 그럼, 사회가 아니라는 것인가?"

아이들은 그 낯설고 거친 언어와 정면으로 맞닥뜨렸으면서도 그 어느 때보다도 간절하고 절박한 질문이 담긴 글들을 써 냈다. 평소에는 좀처럼 입을 여는 법이 없는 녀석들도, 수업 시간마다 딴 청을 부리기 일쑤인 녀석들도 각기 제 목소리를 내기에 여념이 없었다.

왜냐하면 개토가 없애야 한다 목청을 높이는 그 공간은 바로 지금 녀석들 자신들이, 다른 누구도 아닌 녀석들 자신들이 서 있는 곳이기 때문이다.

개토가 말하는 '학교가 만들어 내는 바보'는, 바로 녀석들 자신이기 때문이다.

3.

만약 이 책을 어른들, 학부모들과 읽었다면 어땠을까. 아마도 그들 또한 당혹스러워했을 것이고, 개토가 말하는 바에 대해 질문했을 것이다. 어쩌면 그의 말에 반박할 만한 논리를 찾아내어 토론이 이루어졌을 수도 있다. 하지만 분명한 사실은, 학부모들이었다면 녀석들처럼 절박하고 간절하지는 못했을 것이다.

녀석들이 그토록 절박한 까닭은 너무나 '막가는' 것 같은 개토의 말 속에 도저히 외면할 수 없는 진실이 담겨 있기 때문이리라. 어른이라면 그 진실들을 이미 잊었을 수도 있고 외면할 수도 있다. 그러나 녀석들로서는, 당장 어제도 학교에 나갔고 내일이면 다시 학교에 나가 학교의 '바보 만들기'를 온몸으로 느껴야 하는 녀석들로서는 도저히 그 진실에서 눈 돌리는 것이 불가능하다.

1주일 168시간 가운데 아이들은 56시간씩은 자야 합니다. 그러니까 깨어 있는 정신으로 쓸 수 있는 시간이 112시간씩이군요. (중략) 우리 아이들이 학교에서 보내는 시간은 매주 30시간, 준비하고 오고 가는 데 8시간, 숙제에 평균 7시간, 학교가 잡아먹는 시간이 모두 45시간입니다. (중략) 그래도 저녁식사 시간으로 1주에 3시간을 또 빼면 아이들의 주 평균 개인시간은 딱 9시간이 남아 있습니다.

("미국 애들한테는 일주일에 아홉 시간씩이나 자기 시간이 있대요!"

—민경이는 분노했다.)

너무 적은 것 같지 않습니까? 부잣집 아이들은 텔레비전을 덜 보는 편입니다만 역시 별수 없습니다. 텔레비전보다 더 고급스런 상업적 홍행에 시간을 바치게 되어 있고, 또 각종 개인교습이 있지 않습니까? 아이들이 개인교습 분야를 자기가 좋아서 고르는 일은 거의 없지요. 그러나 이런 활동들 역시 의존적인 인간형을 만들어 내는 방법으로 분식이 좀더 잘 되어 있는 편일 뿐입니다. 자신의 시간을 스스로 채울 줄 모르는 인간형, 자신의 존재에 충만함과 기쁨을 부여할 의미의 가닥을 잡아 낼 줄 모르는 인간형 말입니다.(『바보 만들기』, 71~72쪽)

("수학 공식을 외워야지만 수학 문제를 풀 수 있게… 가르쳐 준 한 가지 방법으로만 수학 문제를 풀 수 있게 만드는… 그런 거요."—지아는 '의존적 인간형'을 이렇게 정의했다.)

어른들과 달리 '거짓말'——각자가 느끼기에 거짓이라고 느껴지는 말들——을 해가면서 학교를 변호하기에는 녀석들은 아직 너무 서툴고, 솔직하고, 그리고 학교에 대해 그렇게까지 지켜야 할 의리도 없었다. 아직까지 다 떨쳐내지 못한 황망함과 불편함 속에서, 문득 녀석들 가운데 질문 하나가 고개를 쳐들었다. 몇 번이나 내가 던지려 했던 질문이지만 좀처럼 녀석들에게 닿지 못했던 질문이, 비로소 녀석들 속에서 스스로 싹을 틔운 것이다.

'그렇다면 나는 왜 학교에 가는가?'

"친구들이랑 놀려고 간다니까요."

우석이는 『수레바퀴 아래서』를 읽을 때부터 변함없이 확고한 제 신념을 당당히 들이밀었다. 하지만 모두가 우석이처럼 당당히 가슴을 펴지는 못했다.

개토는 잔인하리만치 철저하게 학교가 만들어 내는 '바보'의 상을 천천히 짚어 나갔고(개토는 아이들도 이 책을 읽으리라 생각하고서 이 책을 썼을까?), 어떤 아이들은 그 바보의 모습과 자기 자신의 모습을 굳은 얼굴로 견주었다. 때로는 기억 속 절친의 모습에서, 때로는 데면데면한 급우의 모습에서 '바보'의 상을 읽어 냈지만 결국 그 모든 게 전부 자기 자신의 모습으로 돌아온다는 것을 아이들은 잘 알았다.

5) 제가 가르치는 아이들은 서로에게 잔인한 짓들을 합니다. (중략) 그들은 약한 자를 비웃습니다. 그들은 도움을 필요로 하는 사실이 드러나는 자를 경멸합니다.

6) 제가 가르치는 아이들은 친근한 관계나 솔직한 태도에 불안해합니다. 그들은 텔레비전에서 배웠거나 교사들을 만족시키기 위해 습득한 조작된 행동의 조각조각으로 커다란 껍데기 인격을 만들어 (중략) 진실로 친근한 인간관계를 받아들일 줄 모릅니다. 알맹이와 껍데기 사이에 괴리가 있기 때문에 진짜 친근한 관계에 부딪히면 가면이 손상됩니다. 그렇기 때문에 친근한 관계를 피해야만 하는 것입니다.

(중략) 8) 제가 가르치는 아이들은 의존적이고 수동적이며 새로운 상황에 부딪치면 겁쟁이가 됩니다. 그들의 두려움은 흔히 겉보기의 용맹이나 분노, 공격성 따위로 가려지기도 하지만 그 밑에는 진정한 용기가 빠져 버린 허풍선이가 있을 뿐입니다.(『바보 만들기』, 70~71쪽)

그리고 거기가 녀석들의 로도스였다. 녀석들 중 누군가가 글로써 외쳤다.

아니오! 우린 그렇지 않아요!

"우리는 동정을 모르는 것이 아니라, 표현하지 못하는 것이고, 타인을 비웃는 것은 10명의 1명꼴인 아주 나쁜 사람만 그런 것이며, 도움을 필요로 하는 자를 경멸하는 것이 아니라 도와 주는 데 눈치를 보는 것이다.

6번에는 공감한다. 하지만 나는 그 껍데기와 알맹이가 부딪힐 만큼 괴리가 큰 사람은 몇 되지 않는다고 생각한다. 원래 자아를 형성하는 데에는 주위 사람이 큰 영향을 끼친다고 한다. 주위가 거짓된 친절함일지라도 우리는 그 안에서 친절함을 학습한다. 우리는 그것을 피할 수 없다. 우리는 그렇게 거짓될 수 없고, 못될 수 없다.

의존적이고 수동적이다. 새로운 상황을 만나면 겁쟁이가 된다. 이건 인정한다. 우리는 의존적이다. 또한 수동적이다. 내 생각에는 학교에서 틀에 맞추어 학생들을 기르기 때문이다. 그래서 틀에 맞지 않는 부분은 자르고 집어넣으니, 아이들은 어떤 행동을 할 때 틀에 맞는 것인지 먼저 확인하고자 하는 것이다. 그런데 이것을 물어보는 행동조차 틀에 허용되는 것인지 겁이 나서 겁쟁이가 되는 것이다….”(희진이의 『바보 만들기』 감상문 중에서)

우리는 바보가 아니에요.

잠시 숨을 가다듬고, 다시.

“이 글에서 학생을 엄청 부정적으로 표현했지만, 그래도 기본적인 틀은 맞다. 그것이 문제가 되는 것도 맞다. 학교에서 비롯된 문제도 맞지만, 그것은 '학교에서만' 비롯된 문제는 아니다. (……) 어쩌면 맞을 수도 있지만. 잘못된 학교를 나온 어른들이 지배하는 세상이고, 교육이다. 나는 이 문제는 해결하기 아주 힘들 것이라고 생각한다."(희진이의 『바보 만들기』 감상문 중에서)

우리는 바보처럼 보일 수도 있지만, 우리가 원해서 그렇게 된 건 아니에요.

내가 녀석들의 글을 읽는 동안 아이들은 모두 무언가 골똘히 생각에 잠겨 있었다. 수업이 끝나고 평소처럼 가볍게 인사하며 돌아가는 동안에도, 저마다 계속 무언가를 생각하는 것 같았다.
그날 수업은 그렇게 끝났다.

4.

때때로 우리에게는 우리가 상식이라고 믿는 것들에 대하여 맞서야 하는 때가 있다. 그럴 때면 가장 먼저 우리를 사로잡는 것은 불안과 두려움이다. 내가 이런 말을 꺼낼 때, 모두가 믿고 있는 사실에 대해 의문을 제기할 때, 모두는 나를 어떤 시선으로 볼까? 내게 손가락질하지는 않을까? 나를 비웃지는 않을까?
누구나 그럴 것이며 나도 예외는 아니다. 솔직히 말하자면, 『바보 만들기』를 커리큘럼에 포함시키는 일에조차 나는 두려움을 느꼈다. 만약 어떤 학부모가 '이런 책'을 아이들에게 읽힌 것에 대해 불쾌감을 드러내면 어떡하지? 하물며 아이들이다. 겨우 중학생 나이의 아이들이다. 아직까지도 학교가 주요한 일상의 공간인 아이들이고, 매일같이 공부하란 소리를 듣는 아이들이고, 시험 점수에 행복과 불행이 왔다 갔다 하는 아이들이다.

그런 아이들에게 학교가 오직 의존성만을 가르치는 곳이라고 말하는 책을 맞닥뜨리게 하는 일.

학교가 너희를 바보로 만들고 있다고 말하는 책을 맞닥뜨리게 하는 일.

그런 학교에서, 그런 바보로 서 있는 자신을 마주하게 하는 일.

나는 그것을 위하여 두려움을 억누르고 이 책을 커리큘럼에 포함시켰다.

녀석들은 어땠을까. 그 책을, 그 마주침을 녀석들은 어떻게 받아들였을까. 나나 녀석들이나 영화 속에서 살고 있는 건 아니었기에 그후로도 녀석들이 〈죽은 시인의 사회〉처럼 책상 위로 올라선다든가 내가 흐느끼는 녀석들을 꺼안고 네 잘못이 아니라고 말해 주는 일은 없었다.

다만, 내가 느끼기에 그날 이후 녀석들 중 몇몇은 좀더 수업 시간에 제 생각을 열심히 말하게 됐다. 글을 쓸 때마다 여전히 불평을 늘어놨지만 조금 더 진솔한 자기 이야기를 쓸 수 있게 되었다. 흘러가듯 넌지시 학교에서 인권 동아리 같은 것을 시작했노라고 말해 준 녀석도 있었다. 전부는 아니지만, 대단한 것은 아니지만 녀석들은 스스로 생각하고, 말하고, 행동하려 노력하는 것처럼 보였다.

상식이 나를 바보로 만들려 할 때 그 상황을 인정하는 것과 그 상황을 수용하는 것 사이에는 분명한 차이가 있다. 자신이 처해 있는 상황을 인정하되 그로부터 벗어나려는 시도, 바꾸려는 시도가 그 차이를 만들어 낸다. 뻔하고 공허하게 들리는 일반론이지만 그것이 공허하게 들리는 이유는 체념의 정서로서 다가오기 때문이다. 그때 우리는 닳고 닳은 한 단어를, 그럼에도 여전히 유효한 한 단어의 가치를 발견하고 그것을 말할 수 있어야 한다.

우리에게는 여전히 그것이 ──용기가 필요하다. 누군가로 하여금 그를 둘러싼 현실 속에서 용기 있는 첫걸음을 스스로 내딛을 수 있게 돕는 것이야말로, 일상의 변화를 시작할 수 있도록 돕는 것이야말로 최선의 교육이 아닐까. 나는 그렇게 생각한다.

'무지'로 평등함으로써

자크 랑시에르, 『무지한 스승: 지적 해방에 대한 다섯 가지 교훈』, 양창렬 옮김, 궁리, 2016

1.

'학교'를 다루었던 봄 시즌을 마칠 즈음 나는 그간 던진 질문들을 되돌아보았다. "선생은 어떻게 아이들과 만나야 하는가." "학교는 아이들에게 무엇을 가르치는가." "아이들은 학교를 왜 가는가." 새 삼 아이들이 얼마나 당혹스러웠을까 싶었다. 분명 밑도 끝도 없는 물음으로 느껴졌으리라. 나도 마찬가지였다. 근본적인 것을 건드리는 질문들은 대개 그러하다. 당혹스러움과 곤란함, 그리고 불안과 두려움을 불러일으킨다.

하지만 나에게는 아직 한 가지 질문이 더 남아 있다. 그것은 앞선 질문들을 모두 아우르는 질문이며 그럼으로써 교육에 있어 가장 '극단적'인 담론들을 만들어 낸 질문이기도 하다. 누군가는 그 질문으로부터 학교가 존재하지 않는 사회를 상상했고 다른 누군가는 그 질문으로부터 아무것도 가르치지 않는 스승을 주장했다.

그 질문이란 이것이다——"배우려는 자는, 의존적이어야 하는가?"

존 테일러 개토가 『바보 만들기』를 통해 학교를 성토한 가장 큰 까닭은 아이들을 수동적으로 만든다는 것이었다. 그는 촘촘히 짜인 시간표, 정해진 커리큘럼, 반복되는 평가와 피드백이 아이들에게 무언가를 스스로 해 나갈 힘을 앗아간다고 주장했다. 그 주장에 대해 누군가는 반드시 반문할 것이다. "어쩔 수 없지 않습니까? 아이들에게는 그럴 만한 능력이 부족한걸요." 아이들에게는 자신의 공부를 직접 구성할 만한 능력이 없다는 의미다. 학교 교육은 그런 아이들을 '돕기 위하여' 그 모든 것을 마련해 준다. 아직 미성숙하고, 무력한 아이들을 위해.

이 반문에는 설득력이 있다. 어느 수준의 도움이 필요한가에는 의견 차가 있을지언정 아이들에게 도움이 필요하다는 사실 자체는 흔들리지 않는 반석 위의 진실처럼 보인다. 아니, 아이들만이 아니다. 뒤늦은 공부에 나선 만학도, 토익·토플 점수가 절실한 대학생, 옷 만들기에 관심을 갖게 된 주부. 나이와 상관없이 배우려는 자들에게는 도움이 ——기댈 곳이 필요한 것이다. 교육제도에 기대고, 교육기관에 기대고, 교사에게 기댄다. 과연 누가 여기에 문제를 제기하겠는가? 어지간히 대담한 이가 아니고서야 교육은 근본적으로 배우려는 자가 의존할 곳을 찾는 일이라는 사실을 어떻게 부정할 수 있겠는가?

2.

물론 그처럼 '어지간히 대담한 이들'이 존재하지 않았다면 나는 애초에 이런 말을 꺼내지도 않았을 것이다. 그들은 마치 교육의 본질처럼 보이는 그 의존성이 지극히 불평등한 관계를 생산한다는 점에 문제를 제기한다. 그들 중 하나가 자크 랑시에르(Jacques Rancière)라는 사람이다.

자크 랑시에르는 우리가 상상하는 소위 '스승'과 '제자' 사이에는 반드시 지적인 우열관계가 깔려 있음을 말한다. 제자에게 무언가를 잘 설명하고, 잘 이해시키고, 그러한 열망과 의지와 선의에 불타는 스승일수록 제자를 "지능의 세계에 세워진 위계"에 옭아매고, "누군가 그에게 설명해 주지 않으면 자신은 이해할 수 없다는 사실을 이해"하도록 만든다. 랑시에르는 그러한 사제 관계를, 가르쳐 줄 자를 찾지 못하면 스스로는 아무것도 배우지 못하는 '바보 만들기'의 교육을 배격했다. 그에 따르면 스승이란 무언가 특정한 지식을 전달하는 자가 아니라 단지 제자로 하여금 배우려는 의지를 갖게 하는 자이다.

> 해방하지 않고 가르치는 자는 바보를 만든다. 그리고 해방하는 자는 해방된 자가 무엇을 배워야 하는지에 대해서는 걱정할 필요가 없다. 해방된 자는 그가 원하는 것을 배울 것이다. 어쩌면 아무것도 배우지 않을 수도 있다. 해방된 자는 자신이 배울 수 있다는 것을 알 것이다. **왜냐하면** 인간이 기술을 가지고 만들어 낸 모든 생산물에는 똑같은 지능이 작동하기 때문이다. (중략) **무언가를 배우라, 그리고 그것을 이 원리, 즉 모든 인간은 평등한 지능을 갖는다는 원리에 따라 나머지 모든 것과 연결하라.**(『무지한 스승』, 38~40쪽, 강조는 원저자)

랑시에르가 말하는 진정한 배움이란 무언가를 스스로 배우고 그 배움을 평등의 원리 아래 다른 것들과 연결하는 것이다. 그에 따르면 그런 배움이야말로 평범한 이가 자신의 존엄함과 지적인 능력, 그 능력의 결정권을 깨닫는 진정한 '지적 해방'이자 '보편적 가르침'이다. 그리고 그와 같은 배움을 행하는 스승은 풍부한 지식이나 유능한 교수법을 갖춘 자가 아니다. 그는 '무지한' 자다. 앎을 주입하는 자가 아닌 배움의 의지를 불러일으키는 자. 그럼으로써 교육의 지적 불평등으로부터 자유로운 자다. 그런 스승은 자신이 전혀 알지 못하는 것마저 제자들이 배우도록 만드는 힘을 갖는다. 랑시에르는 그를 '무지한 스승'이라 부르고, 프랑스의 교수 '조제

프 자코토'의 일화를 통해 그것을 설명한다.

조제프 자코토는 프랑스의 저명한 교수로서 네덜란드 왕의 초청을 받아 네덜란드 학생들을 가르치게 되었다. 하지만 그에게 배우고자 하는 네덜란드 학생들 대부분이 프랑스어를 몰랐고 자코토 역시 네덜란드어를 몰랐다. 학생들과 자코토 사이에는 통하는 언어가 전혀 없었던 것이다. 그럼에도 자코토는 학생들의 소원을 들어주고 싶었고, 마침 그즈음 프랑스어-네덜란드어 대역판으로 출간된『텔레마코스의 모험』이라는 책을 교재로 정했다.

자코토는 통역사를 시켜 학생들에게 그 책에 실린 네덜란드어 번역문을 가지고 프랑스어 텍스트를 공부하도록 했다. 학생들이 제1장의 절반 정도를 읽어 낸 후에, 그는 그들로 하여금 익힌 내용을 계속해서 되풀이하고 그 외 나머지 부분은 이야기할 수 있을 만큼만 읽도록 했다. 그 지시 외에 자코토가 한 건 아무것도 없었다. 그는 학생들에게 프랑스어의 가장 기본적인 문법조차 설명해 주지 않았다. 학생들은 그러한 자코토의 '방치'(?) 속에서 마치 아기가 모국어를 배울 때처럼 스스로 프랑스어를 익혀 나갔다. 자신들이 아는 단어에 상응하는 프랑스어 단어와 그 단어들의 형태 변환을 스스로 찾아냈고, 자기들끼리 단어를 조합해 프랑스어 문장을 만드는 법도 배웠다. 그들의 문장과 맞춤법은 점점 더 정확해져 곧 작가 수준에 이르렀다. 마치 한국에서 그토록 오래 영어 교육을 받아도 영어를 익히지 못하던 사람이 외국에 나가 살게 되면서 스스로 빠르게 영어를 익혀 나가듯, 그들은 자코토의 배움을 받고 싶다는 일념하에 스스로 프랑스어를 깨쳤다. 자코토가 한 일은 아주 짧은 지시뿐이었다.

> 관찰하기, 기억에 담아 두기, 되풀이하기, 검증하기, 알려고 하는 것과 이미 아는 것을 연관시키기, 행하기, 행한 것에 대해 반성하기. (중략) 그들은 그 말이 무엇인지 분간하고, 그 말에 답하고 싶어 한다. 학생이나 식자로서가 아니라 인간으로서. 마치 당신을 시험하는 누군가에게 대답하는 것이 아니라, 당신에게 말을 건네는 누군가에게 대답하는 것처럼. 평등의 징표 아래.(『무지한 스승』, 25~26쪽)

랑시에르는 이처럼 교육의 의존성에 대한 물음을 던짐으로써 교육의 가장 근본적인 영역에 도전한다. 지식을 가르치지 않는 스승이라는 것은 실로 위험천만한 시도인 것처럼 느껴지지만 그 시도가 일궈 내려 하는 것은 우리에게도 온당한 것으로 들린다. 가르치는 자와 배우는 자의 평등. 정말이지 당연한 것으로 들리고, 어느 사이엔가 이미 이룩된 것처럼 받아들였던 그 평등이 이토록 대담한 시도들을 필요로 한다는 사실, 그 놀라움만이 우리 곁에 남는다.

그리고 나는 문득, 그 놀라움 속에서 지금 나와 녀석들이 서 있는 자리를 찾아본다.

나와 아이들이 맺고 있는 관계를 돌아본다.

3.

'학교'를 주제로 한 봄 시즌을 마치고 다음 시즌을 준비할 때쯤 나는 이따금씩 "가르치는 데 재능이 있는 거 아냐?" 하는 이야기를 듣게 됐다. 뜻밖이었다. 그동안 내가 수업한 일 자체가 그리 많지 않거니와 온전히 1년치 수업 전체를 맡은 것은 이번이 처음이었기 때문이다. 물론 다들 순수하게 좋은 뜻에서 그런 말을 건넨 것이었고 나는 가볍게 웃으며 "에이, 이제 시작인데 아직 모르죠" 하고 대답하곤 했다. 그런데 내가 가르치는 데 재능이 있다는 것을, 그러니까 잘 가르친다는 것을 무엇을 가지고 판단할 수 있을까?

학교나 학원 교사에게는 성적이라는 명확한 지표가 있다. 10점이든 100점이든 학생의 성적이 올라가면 잘 가르친 것이다. 지극히 객관적이고 정확한(적어도 그렇게 믿어지는) 수치화된 기준이 그들이 지닌 가르침의 능력을 증명한다. 그런데 내가 '가르치는' 것들은 어떤가. 신학교에서 쫓겨난 소년의 이야기, 늙은 교사들의 수기, 학교가 명령에 복종하기만 하는 바보들을 만들어 낸다는 비판. 어지간한 괴짜 교사가 내는 시험이 아닌 이상에야 시험지에서 그런 것들을 볼 기회는 없다고 생각해도 좋으리라. 만약 누군가 내게 교육의 증거를 요구한다면 나와 아이들은 무엇을 내놓을 수 있을까. 누군가는 내가 정말로 교육을 하긴 한 것인지 의심할지도 모른다. 하지만 나는 당당하다. 나는 물론 아이들을 가르쳤다. 단지, 학교에서 가르치는 방식으로는 하지 않았을 뿐이다.

내가 녀석들과 함께 읽은 책을 가지고 시험 문제를 내거나 성적을 매길 필요가 없다는 것은 얼마나 다행스러운 일인지. 덕분에 나는 선생의 권위를 앞세우면서 녀석들의 머리에 지식을 밀어 넣으려 용을 쓰지 않아도 되고, 녀석들은 숫자 몇 개에 일희일비하면서 내게 매달리지 않아도 된다. 그런 것 없이도 우리들 사이에는 배움이 오가고 우리는 흐릿하게나마 학교가 아닌 곳에서도 배움이 이루어질 수 있음을 깨닫는다.

그렇다면, 나와 녀석들은 '평등'한가?

사실, 시험과 성적 없이도 내가 '가르치는 데 재능이 있다'는 이야기를 들을 수 있었던 것은 내게 설명하는 재능이 있기 때문이었다. 무언가 아이들이 이해하기 어려운 개념이나 역사적 사건이 나올 때면 나는 금방 녀석들에게 익숙할 법한 예시를 찾아낸다. 그러고는 가장 쉬운 이야기부터 시작해서 예시를 들고 차근차근 단계를 밟아 녀석들도 충분히 이해할 수 있을 법한 언어로 그 개념을 풀어 낸다. 미리 준비할 때도 있었고 즉석에서 할 때도 있었지만 대개는 성공을 거두었다. 그럴 때면 아이들은 연신 고개를 끄덕였으며 때로는 작게 탄성을 질렀다. 나는 그때마다 작은 뿌듯함을 느꼈다.

하지만 랑시에르에 따르면 나는 그때마다 녀석들과 나 사이의 지적인 위계를 강화하고 있었던 셈이다. 과민한 지적이라 코웃음 치고 넘길 수도 있겠지만 나는 그 지적에 분명 진실이 담겨 있음을 안다. 한 번이라도 그런 방식으로 녀석들의 궁금증을 풀어 주고 나면 쉽게 그 방식을 버리기 어렵다. 그 뒤로 녀석들은 이해하기 힘든 무언가를 맞닥뜨릴 때마다 약속이라도 한 것처럼 침묵을 지키면서 물끄러미 내 얼굴을 바라보곤 했던 것이다. 어쩌면 시험도 성적도 없는 이 수업에서 아이들이 순순히 내 이야기를 듣는 것은 바로 거기서 비롯된 것일지도 모르겠다는 생각이 든다. 지적 우열로 만들어 낸 권위. 이해시키는 자, 설명하는 자의 권위. 문득 두려움도 더해진다. 아이들이 나와 헤어진 뒤에도 계속해서 설명해 줄 누군가를 찾지 않을까 하는. 아이들 스스로 자신 안의 지적 능력을 인지하고 스스로 무언가를 결정할 힘을 얻는 것을 내가 방해하고 있는 게 아닌가 하는.

우리는 학교 밖의 틈새에서 제도에 기대지 않고 성적에 연연하지 않으면서 수업한다. 그러나 나는 무지한 스승은 되지 못한 채, 아이들로 하여금 보편적 가르침을 얻을 수 있도록 해주지는 못한다. 우리의 수업에서 녀석들과 나는 평등하지 않다. 그것을 깨달았지만 나는 그를 극복할 방법을 알지 못한다. 그때도 지금도 마찬가지다. 나는 단지, 내가 할 수 있는 방식을 찾는다.

4.

설명하는 것을 잘하고 좋아하는 나지만 어느 순간엔가 항상 아이들에게 설명하기를 멈추는 지점이 있다. 무언가에 대하여 가치판단을 할 때다. 나는 결코 누가 옳고 누가 그르다고 단정 짓지 않는다. 설명하고 이해시키는 내 능력을 통해 상반되는 입장들을 최대한 치우치지 않게 녀석들에게 전달하려 애를 쓴다. 완벽하게 옳은 것처럼 보이는 입장 속에 존재하는 모순과 한계를 짚어 주고, 완벽하게 틀린 것처럼 보이는 입장 속에서 녀석들이 공감할 만한 주장을 짚어 낸다. 그 뒤에 녀석들에게 묻는다. "자, 너희는 어느 쪽이, 왜 옳다고 생각해?"

그럼에도 불구하고 꿋꿋이 한쪽의 편을 들어 주는 녀석이 있다. 또 양쪽 다 옳은 것 같다고 두 손을 들어 버리는 녀석도 있고, 왜 이렇게 상황을 복잡하게 만드시냐며 우는소리를 하는 녀석도 있다. 나는 그 모든 이야기를 들은 뒤에도 끝끝내 무엇이 옳다 그르다 정해 주지 않는다. 대신 이렇게 말한다. 언젠가 너희들은 스스로 답을 낼 수 있게 될 거고, 답을 내야만 하는 상황이 닥쳐올 거라고. 너희가 앞으로 만날 사람들과 겪을 경험들과 배울 공부가 그 답을 만들어 낼 거라고. 그리고 그 과정이 바로, 너희 각자를, 너희라는 사람들을 만드는 과정이라고.

그것이 내가 할 수 있는 방식이다. 또한 그것은 내가 거쳐 온 길이기도 하다. 한때는 흑과 백처럼 너무나도 확실해 보였던 옳고 그름이 회색이 되고, 연회색과 진회색이 되고, 흑백이 뒤바뀌기도 한다. 분수령이 닥쳐오는 그 순간까지도 결정은 매번 쉽지 않다. 그것이 한 명의 인간으로서 세상을 대면하는 일, 삶의 어려움이다.

그 어려움은 만인에게 동등하다. 상반된 입장을 녀석들에게 풀어 설명해 주는 순간에조차 나 역시 녀석들과 마찬가지로 고민하고 자문한다. 영 모르겠다는 얼굴로 녀석들이 고개를 끄덕이는 그 순간, 이렇게 끝내도 괜찮은 걸까 찝찝한 기분이 슬며시 올라오는 그 순간은 녀석들이 오늘의 질문을 간직하다가 언젠가는 자신의 답에 도달하지 않을까 하는 작은 희망을 품는 순간이기도 하다. 적어도 그 순간에는 나는 녀석들을 가르쳐 주고, 이해시켜야 하는 학생들로 보지 않는다. 우리는 모두 쉽지 않은 세상과 마주하는 동지들이다. 나는 그렇게 생각한다.

하지만 아이들도 그렇게 생각해 줄까? 아이들이 그런 '가르침' 에, 가치가 있다고 생각할까? 자기들이 배움을 얻고 있다고 생각할까?

그럴 수도 있고 아닐 수도 있다. 하지만 단 한 가지, 내게 작은 확신을 주는 사실이 있다. 내가 가르치는 곳은 학교가 아니고 바로 그렇기 때문에 아이들은 강제로 나와의 책읽기에 매달릴 필요가 없다. 내 수업에 강제로 출석해야 할 까닭이 없다. 그럼에도 아이들이 계속해서 이 수업에 와 주고 있다는 점, 내가 그 아이들에게 이 수업에 오게 만드는 의지를 불러일으키고 있다는 점.

오직 그 사실이, 나에게 이 수업이 뭔가 휘청대면서도 분명히 나아가고 있다는 희미한 확신을 준다.

2

여름에 읽은 집 이야기

라헬 하우스파터, 『나는 부모와 이혼했다』

독립이라는 '자유'

라헬 하우스파터, 『나는 부모와 이혼했다』, 이선한 옮김, 큰북작은북, 2012

1.

여름이 왔고, 아이들과의 책읽기도 새로운 시즌을 맞이했다.

시즌이 바뀐 뒤의 첫 시간에는 으레 자기소개를 하는 시간을 갖는다. 그러나 자기소개를 시키는 것도 쉬운 일은 아니다. 이전부터 있던 아이들은 다 아는 사람들에게 군이 자기를 소개할 필요를 느끼지 못하고, 새로 온 아이들은 낯을 가리느라 제 이야기를 쉽사리 꺼내지 못한다. 나는 일종의 타협점으로써 아이들에게 딱 세 가지만 말해 볼 것을 제안했다. 이름, 나이, 여기에 오게 된 이유. 이렇게 말해야 할 것들을 정해 주면 아이들은 어렵잖게 대답한다. 그리고 처음 오는 아이들의 '여기에 오게 된 이유'는 대개 다들 같다.

"엄마가 가 보라고 해서요."
"저 몰래 엄마가 신청했어요."

가끔은 "아빠가…"도 있긴 하지만, 아무튼 자기 의지로 오는 아이들은 거의 없다. 별로 놀랍지는 않다. 중학생들이 자신의 의지로 어떤 일을 하려 드는 경우도, 그것을 부모들이 허락하는 경우도 드문 일이니까.

그런 면에서, '집과 가족'에 대한 이야기들을 나눈 여름 시즌에 아이들이 유독 '이 단어'에 매달린 건 어찌 보면 당연한 일이었다.

독립.

2.

라헬 하우스파터(Rachel Hausfater)의 『나는 부모와 이혼했다』는 아주 짧은 소설이다. 어느 날, 어린 주인공의 부모가 이혼을 하게 되고 주인공은 어머니와 함께 살면서 격주로 주말에 한 번씩만 아버지를 만나게 된다. 어머니는 밤마다 울며 괴로워하느라, 아버지는 새로운 여자를 만나느라 주인공에게 신경을 쓰지 않는다. 결국 주인공은 어머니가 더 이상 자신의 어머니로 존재하지 않는다는 사실, 아버지도 더 이상 자신의 아버지로 존재하지 않는다는 사실, '우리 가족'은 이미 사라졌다는 사실을 깨닫고 자신 역시 부모들과 '이혼'하기로 마음먹는다.

주인공은 더 이상 주말에 아버지를 만나러 가지 않는다. 어머니에게는 아버지에게 간다고 하고, 아버지에게는 어머니와 있겠다고 하면서 그 시간들을 할아버지가 남겨 준 도심의 옥탑방에서 홀로 보낸다. 이미 오래전부터 오직 주인공을 통해서만 서로에게 필요한 말을 전하던 부모들은 그 거짓말을 눈치채지 못한다. 주인공은 혼자만의 시간 동안 새로운 사람들을 사귀고 사건들을 만나면서 부모님의 아들인 자신과는 또 다른 자신을 발견한다. 하지만 결국 거짓말이 들통나고 부모들은 배신감에 몸서리치며 주인공을 힐난한다. 그에 주인공은 그동안 자신이 느꼈던 감정들과 자신이 홀로 보낸 시간에 대해 부모들에게 찬찬히 설명하기 시작한다.

내가 이 책을 커리큘럼에 넣으면서 기대했던 역할은 일종의 '쉬어 가는 시간'이었다. 더운 여름날 아이들이 짧은 소설을 가볍게 읽으면서 책읽기에 대한 집중력을 유지해 줬으면 하는 바람에서였다. 그런데 뜻밖에도 아이들은 이 책에서 매우 깊은 인상을 받은 모양으로, '독립'이라는 주제에 대하여 제각기 할 말들을 쏟아 냈다. 당연한 말이지만 '독립'은 녀석들에게 무엇보다도 '자유'를 의미했다.

"나는 평소 독립을 하고 싶다는 생각을 많이 했었다. 독립을 하면 내가 무엇을 하든 간섭을 받지 않아도 된다. (……) 나에게는 다섯 살 어린 여동생이 있다. 초등학생 특성상 만들기 활동이 많고, 우리 동생은 그것들을 다 모으는 성격이다. 매우 지저분하다. 나는 정말 인상 깊은 과학 실험기구들을 몇 개 빼고는 모두 버린다. 우리 엄마 아빠는 전부 버리고 싶어 한다. 이런 차이 때문에 가끔 싸우게 되는데 혼자 살게 되면 내가 원하는 대로 맞출 수 있다."(선희의 『나는 부모와 이혼했다』 감상문 중에서)

녀석들에게 있어 '독립'이 자유를 의미한다는 사실은 부모로 대표되는 '집과 가족'이 구속이라는 뜻이리라. 여기에 구구절절 설명을 덧붙일 필요는 없을 것이다. 대부분의 사람들이 어린 시절 한 번쯤 갖게 되는 의문들이 분명 있기 때문이다. 왜 부모님은 내가 하는 일에 사사건건 간섭하는 것인지. 왜 자꾸 내 의지를 무시하고 자기들 뜻대로 내 일을 결정하는 것인지. 그러면서도 왜 나에게는 자기들에 대해 말할 기회를 주지 않는 것인지. 내가 자기들 말을 들어주기만을 바라고, 내 말은 듣지 않는 것인지.

왜냐하면, 집안에서 아이들이란 보통 그런 존재로 정해져 있기 때문이다. 언제나 미숙하고 서투르기에 알아야 할 것도 많지만 몰라도 되는 것도 많다. 그 알아야 할 것과 몰라도 되는 것의 기준, 말과 행동, 생각, 나아가 생활 전반에 걸쳐 부모들은 아이들의 모든 것에 참견하고 결정한다. 그리고 아이들은 생각하는 것이다. 이 집만, 집만 나갈 수 있다면! 오직 나만의 쉼터를 가질 수만 있다면!

그리고 우리는 자연스레 묻게 되는 것이다.

가족에게서 독립하는 것, 그 자유란 무엇을 의미하는가?

3.

대개 '안전'은 '구속'과 한데 묶여 있고, '자유'는 '위험'과 한데 묶여 있다. 우리는 어딘가에 소속되어 일정한 책임을 짐으로써 안전을 보장받고, 자유란 그러한 책임으로부터 해방되는 대신 안전을 보장받을 수도 없음을 의미하기 때문이다. 당연히 가족 또한 하나의 소속이다. 또한 가족은 현대사회에서는 한 명의 개인에게 있어 가장 밀접하고 기본적인 단위의 소속이기도 하다. 그토록 자유를 갈망하는 아이들조차 한편으로는 독립이란 단어에서 두려움을 느끼는 건 그러한 까닭이리라. 홀로서기는 그동안 나를 보호해 주던 그 모든 것, '안락한 나의 집'(Sweet home)을 뒤로하고 떠나는 것이다.

> "내 생각으로는 부모가 없으면 많은 것이 바뀔 것 같다. 일단 뒤에서 받쳐 주던 지지대를 잃어버린 느낌과, 앞에서 두려움을 막아 주는 무언가가 사라진 느낌일 것 같다. 그러나 한편으로는 자유로운 느낌도 들 것 같다. 왜냐하면 나를 기다리는 사람도 없고, 나를 옥죄는 가족도 없고, 나를 구속하는 어떤 것도

없으니 말이다."(효준의『나는 부모와 이혼했다』감상문 중에서)

집 밖으로 내딛는 그 한 걸음은 얼마나 많은 용기를 필요로 하는
지! 생각해 보면『나는 부모와 이혼했다』에 대해 말하는 아이들의
목소리에는 동경 비슷한 감정이 많이 묻어났다. 책의 주인공에게
는 할아버지가 남겨 준 자신만의 방이 있었고, 홀로 박물관이며 수
영장을 찾아다닐 의지가 있었고, 낯선 할머니나 대학생 누나와 거
리낌 없이 가까워질 수 있는 용기가 있었다. 그리고 그 모든 것이
있었기에 부모에게 당당히 자신의 길을 걷겠노라 포부를 밝힐 수
있었다. 그에 비해 자신들은 집을 떠나 무엇을 할 수 있을까. 그것
을 자문할 때 녀석들의 표정에는 살짝 그늘이 드리웠다.

"『나는 부모와 이혼했다』책의 아이가 부럽기도 했는데, 그 이
유는 아이의 용기도 부러웠지만 무엇보다 아이 자신이 살 집
이 이미 마련되어 있다는 점이었습니다."(정우의『나는 부모와
이혼했다』감상문 중에서)

어쩌면 누군가는 아이들의 이러한 모습, 부모로부터 해방되고
싶어 하면서도 두려움을 떨쳐 내지 못하는 모습을 보면서 자기가
어렸을 때는 그렇지 않았다며 혀를 차거나 한숨을 내쉴지도 모르
겠다. 그런 이에게 나는 집 밖의 세상이 과거에 비해 얼마나 더 낯
설어졌는가를 말하고 싶다. 아이들의 하루는 대개 그 길이 정해져

있다. 집을 나서서, 학교에 가고, 학원을 들러, 다시 집으로 돌아온다. 그 길에서 만나는 사람들 중 아이들이 이름을 기억하는 어른들은 몇이나 될까? 가족 외에 아이들이 믿고 기댈 수 있는 어른들은 몇이나 될까? 돈 혹은 제도로 맺어진 책임과 의무 없이도 그 아이들의 목소리에 귀를 기울이고, 친구가 되어 줄 어른들은 집 바깥 어디에 있는가?

타인은 과거의 사회에 비해 훨씬 더 두려운 존재가 되었다. 우리는 아이들이 아주 어릴 때부터 낯선 어른과 그들이 베푸는 낯선 친절이 얼마나 위험한 것인가를 가르친다. 그는 동시에 집이라는 공간의 안전함과 가족이라는 방파제의 역할을 두드러지게 만든다. 그렇기에 아이들에게 독립은 자유, 정말로 낯설고 두려운 세상 속으로 스스로를 내던질 자유이며, 세상 그 누구보다도 가깝고 헌신적인 인간관계로부터 멀어지는 고독이기도 하다.

그리고 또 하나 우리가 외면하고 있는 사실은, 이 낯선 세상에 유일한 방패처럼 말해지는 그 가족조차도 사실 아주 빠른 속도로 해체되고, 또 변화하고 있다는 것이다.

4.

그때 나는 아이들에게 바로 그 사실을 설명하느라 애쓰는 중이었다. 오늘날 독립이 왜 그렇게나 달콤하면서도 쉽지 않은 말이 되었는지를. 가족이 얼마나 우리들의 인간관계에 깊숙이 들어와 있고 큰 비중을 차지하는지를.

"자, 상상해 보자. 엄마와 함께 살지 않는 너희의 삶은 어떤 모습이지? 혹은, 아빠와 함께 살지 않는 너희의 삶은? 엄마와 아빠의 아들 혹은 딸이 아닌 너희는 어떤 모습일까?"

아이들은 저마다 입을 다물고 생각에 잠겼다. 그중 문득 한 명이 눈에 띄었다. 평소에는 좀처럼 책에 집중하지 못하던 아이였는데, 웬일인지 오늘따라 깊은 생각에 잠긴 것처럼 보였다. 나는 옳다구나 고개를 끄덕이면서 그 애의 이름을 불렀다.

"성민이, 넌 어떨 것 같애?"

그 애는 나를 물끄러미 쳐다보았다. 입을 열지는 않고 그저 눈만 깜박이면서. 그 순간 나는 무언가 실수했다는 사실을 깨달았다. 무엇인지 확실하지는 않았지만 그런 기분이 들었다. 나는 한 번 더 같은 질문을 했고, 그 애는 그저 "그냥 그래요"(정확히는 기억나지 않지만 그 비슷한 대답이었던 것 같다) 하고 대답을 했다. 그리고 나는 자연스럽게 그 순간을 넘겼다.

나중에 알기로, 그 아이의 집은 이혼가정이었다.

나는 뱃속이 싸늘해지는 기분을 느꼈다.

오늘날 이혼은 드문 일이 아니고, 이상하게 여기거나 지나치게 안타깝게 여길 필요도 없는 일이다. 그 아이가 자신의 삶을 불행하게 느끼는 것도 아니었다. 녀석은 책은 잘 안 읽어도 장난기가 많았고 이따금씩 내게도 장난을 걸어 오곤 했다. 만일 나 역시 다른 경로로 그 아이의 집이 이혼가정이라는 사실을 알게 되었다면 그저 아, 그렇구나, 하고 평범하게 그 사실을 받아들였을 것이다.

하지만 그때 나는 엄청나게 당황하고 말았다. 상황이 너무 절묘했던 탓이라고 설명할 수도 있겠지만, 조금 다른 생각도 든다. 전형적인 핵가족의 이미지는 우리가 인지하는 것 이상으로 우리 머릿속 깊은 곳에 여전히 강고하게 남아 있는 것이 아닐까 하는. 그때 나에게는 내 말을 그 아이가 어떻게 받아들였을까 하는 두려움이 있었다. 정확히는 '엄마 혹은 아빠와 함께 살지 않는 삶을 **낯설게** 여기고 상상해야 하는 것'으로 말하는 내가 그 아이에게 어떻게 느껴졌을까 하는 두려움이었다. 무심코 내뱉은 그 말이 나와 그 아이 사이에, 또 내 말을 듣고 그 '낯선 상황'을 상상하느라 애쓰던 다른 녀석들과 그 아이 사이에 벽을 놓아 버린 게 아닐까 하는 두려움이었다.

다행히 그 이후로도 그 아이가 딱히 내게 거리를 둔다거나 수업에 나오지 않는다거나 하는 일은 없었다. 녀석은 여전히 책 읽는 걸 지겨워했고, 장난스런 말들을 툭툭 내뱉었으며, 수업 시간마다 크게 하품을 했다. 다만 여름 시즌을 마지막으로 그 아이는 더 이상 수업에 나오지 않게 되었다. 물론 그 뒤로도 그 애는 다른 프로그램에 참여하면서 종종 나와 마주치곤 했기 때문에 그 일로 인해 그만두었다는 생각은 들지 않는다. 아니면 그저 내 바람일지도 모르고. 확실한 건 그 일이 나로 하여금 많은 생각을 하도록 만들었다는 점이다.

나는 이미 현대사회의 다양한 가족 형태가 존재한다는 사실을 알고 있었지만 그럼에도 감각의 차원에서는 여전히 그것을 낯설게 여기고 있었다. 우리 사회에서는 본인이 먼저 말을 꺼내지 않는 이상 남의 가족 사정에 대해 캐묻는 일이 드물고 그만큼 우리 주위에 엄마-아빠-아이가 아닌 다른 형태의 가족들이 수없이 존재한다는 사실을 잊기 쉽다. 교육과 미디어는 또 어떤가. 학교와 각종 매체는 아주 무심하고 당연한 태도로 '엄마와 함께 해오는 무엇', '아빠와 함께 해오는 무엇'을 아이들에게 건넨다. 아이들은 물론 '저는 엄마, 혹은 아빠랑 같이 안 사는데 어떻게 해요?'라고 묻지 못한다. 우리는 아이들로 하여금 낯선 세상을 두려워하고 가족에 의지하라 가르치면서, 그 가족의 모습 또한 지극히 제한된 형태로만 그려 낸다. 물론 우리 자신 역시도 그러한 이미지 속에 살고 있다.

그러나 이제, 나와 마주하고 있는 이 아이들이 어른이 되었을 때에는 지금보다도 더욱 많은 형태의 가족들이 존재하게 될 것이다. 이혼이 이미 특별한 일이 아니게 된 것처럼. 집 바깥의 세상은 더욱 낯설어질 것이다. 그렇다면 가족은? 그때도 여전히 가족은 유일한 방파제로서 남게 될까? 애초에 그 '가족'이, 우리가 지금 알고 있는 가족과 같은 것일까? 그때 아이들에게 있어 독립은 무엇이 될까? 그 자유와 두려움과 고독은 어디로 향할까?

나는 단지 상상만 해볼 뿐이다.

아버지라는 '두려움'

크리스티네 뇌스틀링거, 『오이대왕』, 유혜자 옮김, 사계절, 2009

1.

볼프강은 수학은 서투르지만 수영 하나는 자신 있는 평범한 중학생이다. 그런데 어느 날, 볼프강의 집에 느닷없이 왕을 자칭하는 자그마한 오이 모양의 괴물 하나가 나타난다. 그가 말하길 자신은 '오이대왕'으로, 볼프강네 집 지하에 사는 쿠미-오리란 정령들의 왕인데, 발칙하게도 그들이 자신을 쫓아냈으므로 볼프강네 집에 정치적인 망명을 하러 왔다는 것이다.

지저분하고, 흉측한 데다, 무엇보다도 거만하고 고압적인 태도 때문에 볼프강네 식구들 모두가 오이대왕을 내키지 않아 한다. 할아버지도 엄마도 누나도 볼프강도 마찬가지다. 아직 어린 막내 닉은 별다른 생각이 없다. 다만 단 한 사람, 오직 볼프강의 아버지만이 별다른 까닭도 없이 마치 오이대왕이 자신의 왕인 것처럼 떠받들고 아낀다. 결국 아버지 한 사람 때문에 볼프강네 식구들은 오이대왕과의 불편한 동거를 시작하게 된다.

여기서 이미 알아차린 사람도 있겠지만 사실 오이대왕은 어떤 의미에서는 눈속임 장치 같은 것이다. 이 책은 결국 아버지에 대한 이야기이다. 아버지는 왜 다른 모두가 싫어하는 거만한 폭군을 떠받드는 걸까? 어째서 그 폭군의 말이며 행동 하나하나마다 편을 드는 것일까? 그리고 그런 질문들을 던지다 보면 자연히 의문들은 다른 가족들에게로 옮겨 간다. 왜 다른 가족들은 그런 아버지를 이해하지 못하면서도 아버지의 말에 따를 수밖에 없었을까?

그러므로 결국 이 책은 아버지에 대한 두려움, 또한 아버지의 두려움에 대한 이야기이다.

2.

오늘날 가부장이라는 단어는 이미 일종의 구시대적 유물처럼 여겨진다. 그것은 대개 권위주의적이고 강압적인 아버지, 즉 오이대왕과 그를 떠받드는 볼프강의 아버지 같은 이들을 가리키는 말이다. 오이대왕을 둘러싼 갈등이 점차 커져 가면서 드러나는 볼프강 집안의 평소 모습이 바로 전형적인 가부장적 집안의 그것이다.

"우리 집은 뒤죽박죽이에요! 우리는 텔레비전도 아빠가 보고 싶어 하는 것만 볼 수 있어요! 먹는 것도 아빠가 원하는 것만 먹을 수 있고, 입는 것도 아빠가 입어도 된다는 옷만 입을 수 있잖아요! 웃는 것도 아빠가 허락할 때만 웃어야 해요!"
누나가 느닷없이 큰소리를 치며 화를 냈다. 물론 누나의 말에 약간 과장된 부분이 있다는 생각은 들었지만 나도 누나 편을 들기로 했다.
"누나도 이제 다 컸어요. 그런데 마음대로 놀러 갈 수도 없고, 춤도 추러 갈 수 없어요! 그리고 배낭여행도 안 되고요! 여름방학 축제에도 갈 수 없어요! 립스틱도 바르면 안 되고요, 긴 외투도 못 입어요!"(『오이대왕』, 89쪽)

볼프강의 아버지는 자신이 집안의 모든 것을 명령하고 통제할 수 있다는 사실을 확인받고 싶어 한다. 그런 면에서 오이대왕의 신하처럼 행동하는 볼프강 아버지의 모습은 왕정의 질서, 가부장적 질서에 대한 그의 동경심과 욕망을 보여 준다 할 수 있다. 심지어 그는 정치적으로도 매우 보수적인 사람이라 오이대왕의 백성인 쿠미-오리들이 자신들의 왕을 쫓아낸 것이 쿠데타나 마찬가지라고 말해 누나와 할아버지의 분노를 산다. 이야기가 진행되면서 누나와 볼프강은 지하의 쿠미-오리들을 만나 그들이 왕 없는 자기 사회를 만드는 걸 돕게 되고, 이런 흐름들은 결국 한데 합쳐져 하나의 구도를 형성한다.

한쪽에는 쿠미-오리들을 공포정치로 억압해 온 폭군 오이대왕과 그를 싸고돌면서 집안의 왕처럼 군림하려는 가부장적 아버지가 있다. 다른 한쪽에는 그런 아버지에 대해 불만을 갖고 있는 다른 가족들과 오이대왕 없이 자기 사회를 건설하려는 쿠미-오리들이 있다. 이 구도 속에서 전근대적 군주와 가부장적 아버지는 동일시된다. 그들은 모두 구시대의 잔재이며, 시대의 변화에 따라 혁명으로 축출되거나 그것이 싫다면 스스로 모든 것을 내려놓아야 한다.

『오이대왕』의 결말은 후자에 가깝다. 볼프강의 아버지는 자신이 회사 사장과 연줄이 있다는 오이대왕의 말을 믿고 그를 대신해 배은망덕한 쿠미-오리들을 몰살시키려고까지 하지만 쿠미-오리들과 볼프강의 폭로로 결국 오이대왕의 말이 거짓이라는 걸 깨닫는다. 그 순간 아버지는 오이대왕에게 투사하던 자신의 욕망이 얼마나 헛되고 무의미했는가를 깨닫고 무너져 버린다. 때맞춰 막내인 닉이 오이대왕을 쫓아내자, 아버지는 일상으로 돌아가 마치 모든 것을 잊어버린 듯 행동한다. 그 뒤 볼프강네 가족들의 삶이 어떻게 변했는지, 과연 아버지가 이전처럼 다시 가족들을 '다스리고' 싶어 했는지, 가족들이 이전과는 달리 아버지에 맞서 당당히 자기 이야기를 하게 되었는지를 상상하는 것은 독자들의——우리의 몫으로 남겨진다. 그리고 물론, 우리 앞에 펼쳐진 현실은 좀더 복잡하다.

가부장적 아버지를 집안의 왕으로 표현하는 메타포는 참으로 직관적이고 알기 쉬운 것이지만 그 메타포를 그대로 받아들여 아버지를 왕으로 여기고 그에 맞선 실제 행동을 이어 가려 할 때는 멈칫하게 된다. 책에서는 가부장적 아버지의 욕망을 그대로 꺼내다 놓은 것 같은 오이대왕이라는 존재가 있었기에 그를 쫓아냄으로써 상황을 일단락 지었다. 하지만 우리는 어떤가? 우리는──설령 실제로 그럴 만한 힘이 있다 하더라도──민중들이 혁명을 일으켜 왕을 쫓아내듯 집에서 아버지를 몰아낼 수 있는가?

3.

"오이대왕을 보면 아버지를 두려워하는 가족의 마음이 곳곳에 숨겨져 있습니다. 성적표, 계산서, 그 외의 모든 것을 숨겨야 하는 이유는 아버지가 화를 낼까 봐입니다. 그는 가족과 거리감이 있어요. 그 때문인지, 아버지는 혼자 다른 가족과는 다르게 행동합니다. 모두가 오이대왕을 미워할 땐 아끼고, 오이대왕이 쫓겨난 뒤 다른 가족들이 더 이상 신경쓰지 않게 되었을 때 혼자 오이대왕을 미워합니다. 그런데 저는 책을 읽을 때 그런 점을 잘 눈치채지 못했습니다. 너무 당연스레 넘어갔어요. 어머니가 그렇게 혼자 다르게 행동을 했으면 이상하게 여겼을 것 같은데, 왜 아버지는 그냥 넘어갔을까요?"(희진이의 『오이대왕』 감상문 중에서)

『오이대왕』을 읽다 보면 볼프강의 아버지가 기묘하리만치 다른 등장인물들과 유리되어 있음을 발견할 수 있다. 오이대왕에 대한 태도부터 엇갈리기 시작해 가족들과 얼굴을 맞대는 시간도 적고, 무엇보다도 대화를 하는 방식에서 그것이 드러난다. 엄밀히 말해 아버지와 다른 가족들 사이에는 대화라는 것이 성립하지 않는다. 대화란 응수타진(應手打診)^{다음 수를 결정하기 전에 먼저 상대방의 뜻을 묻는 착수} ^{행위로 바둑 전술의 하나}의 과정으로서 듣고 말함에 있어 오고 가는 과정 이 있어야 한다. 그런데 볼프강의 아버지와 다른 가족들의 '대화' 는 오직 아버지만이 말을 하고 다른 가족들은 그것을 잠자코 듣거 나, 다른 가족들이 무언가를 토로하고 아버지는 그것에 귀를 기울 이지 않는 것이다.

그 이유에 대해 우리는 다음과 같이 생각해 볼 수 있다. 오늘 날 가족은 가장 내밀한 공동체로서 지극히 사적인 교류가 행해지 는 인간관계로 여겨진다. 한데 오이대왕에 등장하는 가부장적 아 버지는 그 내적이고 사적인 공동체의 일원이면서도 언제나 외부 에——정확히는 공동체의 경계에 자리하는 것을 지향한다. 가부장 적 아버지는 자신이 '사적' 공동체인 가족의 대표로서 '공적' 영역 을 대면해야 한다고 믿기 때문이다.

특정한 공적인 만남의 자리, 예를 들면 회사의 만찬에 참가한 임 직원 가족들의 모습을 상상해 보라. 먼저 아버지와 아버지 들이 만 나 대화하고, 반드시 자신들의 입으로 가족구성원들을 소개한다. "'제' 집사람입니다." "'제' 아들입니다." "딸입니다." 그 과정이 있은 뒤에야 다른 가족구성원들은 인사말을 건네는 걸 허락받는다. 그리고 근대 이후의 사회에서 대표한다는 행위는 대개 침묵하는 피대표자들을 통제할 권리를 의미한다. 주민, 시민, 국민의 대표자들이 사실상 말할 수 없는 그들을 통치하듯이, 가부장적 아버지는 대표의 권리로 다른 가족구성원들을 통제하려 들게 된다.

한편, 다른 가족구성원들에게 있어 공동체의 경계선에 자리하고 있는 아버지는 가족의 내부구성원(우리)이면서도 외부에 위치한 대상(그)이다. 바로 이것이 볼프강 집안에서 아버지가 유리되어 있는 원인이다. 두려움의 대상일 때도, 타도의 대상일 때도 아버지가 언제나 외부의 대상으로 존재한다는 사실에는 변함이 없다. 가족들은 두려움에 침묵하면서 더 이상 그가 말을 하지 않길 바라거나, 아니면 분노에 차 포효하면서 더 이상 그가 말을 할 수 없길 바란다. 그리고 앞서 말했듯 그 소망을 위해 그를 축출해낼 것이라면 그렇게 하면 된다. 하지만 그럼에도 그가 남아 있기를——그는 외부인(그)이지만 또한 내부인(우리)이기에——바란다면, 볼프강 가족이 그러했듯 다른 방법을 찾아야 한다.

우선은 아버지를 쫓아내지 않음으로써, 가족이라는 공동체를 유지함으로써 자신이 지키고자 하는 것이 무엇인지를 알아야 한다. 또한 그것이 해체되지 않는 선에서 가족 공동체 내의 각자의 위치를 최대한 유동적으로 구성할 수 있어야 한다. 아버지가 절대로 가족을 대표해서는 안 된다는 법은 없지만, 적어도 '항상' 그 자리에 있게 해서는 안 된다. 이것은 나머지 가족구성원은 물론 가부장적 아버지 그 자신을 위해서도 필요한 일이다. 그도 언젠가는 은퇴할 것이고, 그와 동시에 그가 공적 영역에서 행사하던 영향력은 급감할 것이며, 그는 더 이상 가족과 사회의 경계에 머무를 힘을 잃게 될 것이다. 하지만 일평생을 그 자리에만 머물러 온 그는 더이상 자신의 새로운 자리를 찾아내지 못한다. 경계에서 스스로 버틸 힘을 잃은 그는 가족에게도 사회에게도 외부인으로 취급된다. 우리는 가부장적 아버지가 가족들을 두렵게 하면서도 그러한 자리가 아니면 자신이 설 곳이 없다는 두려움을 스스로도 품고 있음을 이해해야 한다.

물론 이건 결코 쉽지 않은 문제이다. 왜냐하면 가족은 현존하는 모든 공동체 중 그 구성원들이 가장 견고하고 보수적으로 자기 위치를 고수하려 하는 공동체 중 하나이기 때문이다. 하지만 바로 그렇기에, 우리는 유동적인 가족 관계를 구성하기 위해 끊임없이 시도해야 할 당위를 얻는다. 이를 생각하게 한다는 점에서 『오이대왕』은 아이들을 위한 동화임에도 가부장적 아버지의 문제를 정확하게 지적하고 있는 텍스트이다.

4.

하지만 나는 『오이대왕』을 가지고 수업하면서 아이들과 이러한 이야기들을 나누지 못했다. 아이들이 책을 읽어 오지 않아서? 아니면, 아이들이 이해하기에는 너무 어려운 이야기여서? 둘 다 아니었다. 한때 아버지라는 이름이 갖는 일반적인 상(象)이었던 볼프강네 아버지의 모습, 권위적이고 가부장적인 아버지의 모습이 아이들에겐 더 이상 일반적이지 않게 되었기 때문이었다. 어떤 녀석은 자기 친구들의 아버지 중에도 볼프강 아버지 같은 사람이 있다며 고개를 끄덕였지만, 어떤 녀석은 자신의 아버지는 이렇지 않다며 낯설어했고, 또 몇몇은 자신들의 아버지를 무어라 표현해야 할지 알맞은 말을 끝내 찾아내지 못했다.

앞에서 나는 가부장적 아버지로 인해 발생할 수 있는 문제들을 해결하기 위해선 그의 자리 —— 공적 영역과 사적 영역의 경계 ——가 보다 유동적으로 변화할 수 있어야 한다고 말했는데, 한편으로 이미 그것은 시대의 변화 속에서 이루어지고 있는 일이기도 하다.

예를 들어 어떤 가정의 아버지들은 긴 노동시간 때문에 더 이상 '집안의 대표' 역할을 수행하지 못한다. 반복적인 야근 등 추가근무 없이는 가족구성원들을 부양할 수 없는 조건으로 인해 그들은 삶의 대부분을 직장에 투자해야 한다. 그들에게는 여러 공적인 자리에서 가족들을 대표할 시간도, 다른 가족들의 일상을 통제할 시간도 없다. 이와 같은 아버지들은 '두렵고 낯선' 가부장적 아버지 대신 '단지 낯선' 부재자로서 집안에 존재한다.

같은 이유에서 어머니들이 공적인 자리에서 집안의 대표 역할을 맡게 되는 경우도 늘었고(가령 학부모로서), 그 때문에 과거보다 더욱 강하게 자녀들에게 통제력을 행사하는 일도 왕왕 있다. 또 남성 한 명의 노동만으로는 도저히 집안의 경제적 필요를 감당할 수 없기에 맞벌이 부부가 계속해서 늘고, 나아가 아이를 낳아 기르는 케이스 자체도 줄어들고 있다. 즉 한 명의 남성 가부장 대표와 나머지 피대표자들로 이루어지는 핵가족체제 자체는 이미 붕괴 가도에 들어선 것일지도 모른다.

하지만 이러한 변화, 오직 가부장적 아버지가 사라져 간다는 그 결과만이 과연 모든 문제의 해결을 의미하는가? 아버지에 대하여 할 말을 찾지 못하던 아이들의 침묵이 그 승리의 증거인가? 아버지는 가부장에서 부재자가 되었을 뿐 여전히 집안에 홀로 동떨어진 존재로 남는 것이 아닌가? 그리고 그때 어머니는 또 아이들과 어떤 관계를 맺게 되는가? 전통적 핵가족체제가 아닌, 수많은 새로운 형태의 가족들 속에서는 또 어떤 관계가 만들어질 것인가?

가부장적 아버지는 가족이라는 공동체가 안고 있는 모든 문제의 핵심, 악의 축이 아니라 발생할 수 있는 수많은 문제들 중 하나일 뿐이다. 확실히 말해 어떤 형태의 가족이건 간에 그 나름의 문제는 계속해서 발생할 것이고, 따라서 우리가 해야 할 일도 변하지 않는다. 우리는 여전히 가족이라는 이름에서 자신이 지키고자 하는 것이 무엇인가를 찾아내야 하며, 그에 따라 가능한 유동적인 가족 관계를 구축할 수 있어야 한다. 그 대답을 가지고 있지 못하다면 시간에 맡기는 것은 문제의 방치일 뿐이다. 우리는 그 근거를 다음 책에서 어머니들의 이야기를 통해 알아볼 것이다.

어머니라는 '익숙함'

김고연주, 『우리 엄마는 왜?』, 돌베개, 2013

1.

문탁네트워크에서 활동하는 사람들 중에는 기혼 여성이 상당히 많고 그분들 중 대부분은 아이가 있는 어머니들이다. 게다가 그 아이들 중 적지 않은 수가 문탁네트워크의 프로그램에 참여하다 보니 가끔은 나와 함께 공부를 하거나 여타 활동을 함께하는 분들의 아이들을 가르치게 되는 일이 생긴다.

그로 인해 나는 때때로 매우 미묘한 상황에 처한다. 한편으로는 아이들과 수업하면서 아이들의 입을 통해 자신들의 '엄마'에 대해 듣게 되고, 또 다른 한편으로는 그 어머니들과 공부를 하면서 어머니 입장에서 보는 '아이들'에 대해 듣게 된다. 그럴 때 내가 느끼는 감정은 어떠한 낯섦이다. 그들이 묘사하는 상대방의 모습에서도, 상대방을 묘사하는 그들의 모습에서도 평소에는 느끼지 못했던 또 다른 모습들이 읽힌다. 그것은 내가 알지 못했던 그들의 정체성이다. 어머니로서의 정체성, 아이로서의 정체성, 가족으로서의 그들.

내가 『우리 엄마는 왜?』라는 책을 통해 다루고자 했던 것은 바로 그 정체성에 대한 이야기였다. 사회가 규정한 어머니는 어떠한 존재인가? 어머니는 왜 그러한 존재가 되는가?

그리고 이 수업은 지금껏 내가 했던 수업들 중 가장 힘겨웠던 수업 가운데 하나로 남았다.

2.

『우리 엄마는 왜?』는 여러모로 여성학을 처음 접하는 아이들이 읽기에 적합한 책이라 할 수 있다. 이 책은 어머니란 존재에 대한 다양한 시선들과 사회 현상들을 열거하면서 그것들이 어떠한 사회 구조 속에서 형성되는가에 대한 기초적인 분석을 제공한다. 실제 아이들과의 인터뷰를 여럿 활용하는 데다 사용하는 말들도 쉽고, 무엇보다 화자인 작가가 아이들에게 직접 말을 거는 듯한 형태의 서술로 구성되어 있는 등 아이들의 눈높이에 맞추려 한 노력을 곳곳에서 읽어 낼 수 있다. 특히 녀석들은 '매니저 엄마'에 대한 내용에 적잖게 공감했다.

아이의 하루 일과뿐 아니라 학기, 방학, 학년에 맞춰 세세한 계획을 세웁니다. 학기 중에는 학교 수업과 학원, 과외를 병행시키다가, 방학 중에는 아이가 상대적으로 취약한 과목의 성적을 올리기 위해 전문 입시 학원에 보내거나 고액 과외를 시키고, 봉사 활동과 각종 경시대회에 참가시켜 대학 진학에 유리한 스펙을 쌓도록 하는 것입니다. 이러한 엄마들은 마치 연예인을 관리하는 매니저 같다는 의미로 '매니저 엄마'라고 불립니다.(『우리 엄마는 왜?』, 26~28쪽)

원우와 선희가 앞다투어 말을 꺼냈다.

"저희 동생은요, 완전 연예인 취급을 받거든요."
"엄마가 이렇게 해주면 성적 올라가는 부스터? 뭐 그런 역할을 해주는 건 좋은데, 스트레스를 너무 받아요. 저도 엄마 때문에 학원 갔다가 스트레스 너무 쌓이고 기분도 상해서 끊어버렸어요."
"제 친구 엄마는요. 다른 애들을 완전 다 성적 가지고 따진대요. 걔가 친구를 데려오면 그 친구가 성적이 얼마나 나오는지만 물어보고, 더 높으면 다음에는 그 친구 이겨야 한다고 하고, 점수 낮으면 그 친구랑 어울리지 말라고 하고…."

또, '워킹맘'에 대해서도 녀석들은 할 말이 많았다.

"저는 이 부분이 공감 갔어요. 여기 실린 인터뷰요. 다른 엄마
들은 다 집에 있는데, 우리 엄마는 일해서 학교 끝나고 데리러
오거나 이럴 때 못 오는 거…."

놔두면 이야기가 끝도 없을 것 같아 중간에 끊을 수밖에 없었다.
『오이대왕』때와는 전혀 다른 느낌이었다. 아버지에 대하여 말하
기 버거워했던 것과 달리, 어머니에 대해서는 기억도 감정도 할 말
들이 많은 듯했다. 하지만 서로 이야기를 풀고, 비슷한 기억들을 견
주며 공감만 하라고 이 책을 고른 것은 아니다. 다음으로 내가 던질
질문, 이 책을 읽고 궁극적으로 말하고자 하는 바는 어쩌면 『오이
대왕』때와 크게 다르지 않다. 나는 녀석들을 둘러보며 물었다.

"자, 그래서. 책에는 엄마에 대한 어떤 내용들이 나왔지? 매니
저 엄마, 일하는 엄마, 주부인 엄마, 희생하는 엄마…. 그 외에
도 엄마에 대한 여러 이야기들이 나왔지?"
"네."
"그래. 그럼, 책에서는."

잠시 뜸을 들였다가 묻는다.

"엄마가 왜 그럴 수밖에 없다고 이야기하고 있지?"

『오이대왕』의 아버지는 너무나 낯설고, 『우리 엄마는 왜?』의 엄마는 너무나 익숙하다. 지나친 낯섦도, 지나친 익숙함도 몰이해를 초래한다는 점에서는 마찬가지다. 따라서 이 책의 목적은 엄마에 대한 그 몰이해를 극복하는 것이다. 제목부터가 그렇지 않은가.

"우리 엄마는 왜?"

왜, 엄마는 매니저 엄마가 될 수밖에 없었나?

왜, 엄마는 일해야만 하는가?

왜, 엄마는 아이를(여러분을) 키우고 희생하는 존재가 되는가?

이 질문들에 대한 대답을 위하여 이 책은 어머니란 존재에 대한 전통적인 관념과, 사회가 요구하는 역할과, 그 속에서 어머니들이 감내하고 있는 고통들에 대하여 아이들에게 설명한다. 그러한 분석들은 작금에는 이미 익숙한 것이 되었지만 그럼에도 동시에 여전히 유효하다. 지난 세기보다 가부장적 아버지들이 줄어들고 있음에도 아버지란 존재에 대한 패러다임은 크게 바뀌지 않은 것처럼, 집안에서 어머니의 발언권이 상대적으로 강해지고 직장에서 일하는 어머니들이 늘어났다 해도 어머니란 존재에 대한 패러다임 역시 여전하다.

어머니는 여전히 아이들을 양육해야 한다. 학벌과 스펙에 목숨을 걸어야 하는 시대에도, 맞벌이가 필수인 시대에도, 핵가족 체제가 붕괴되고 있는 시대에도. 문제들은 바로 여기서부터 시작된다.

이 사실을 인지하고 어머니를 이해하는 것은 아이들에게 있어서도 매우 중요한 일이다. 나는 '어머니는 왜 그럴 수밖에 없는가'에 대한 책의 분석을 차례차례 짚어 가면서 아이들에게 설명했고, 아이들은 그때마다 말없이 고개를 끄덕였다. 하지만 나로 하여금 이 수업을 버겁게 느끼게 만든 건 바로 그다음이었다.──자, 이걸 보렴. 사회 구조적 문제들로 인해 엄마들은 이럴 수밖에 없어. 엄마들도 이렇게 많은 고통을 받고 있고….

그리고 그다음.

그래서, 나는 녀석들에게 무슨 말을 해줄 수 있지?

그럴 수밖에 없는 '매니저 엄마'를 이해하고 엄마 뜻대로 따라 드려라? '일하는 엄마'가 너희를 위해 희생하고 있다는 사실은 알고 있어라? 아니면 문제를 안고 있는 사회와 그런 사회를 따라가는 엄마에게 반항해라?

엄마를 둘러싸고 있는 사회 구조와, 엄마들이 느끼는 고통을 이해함으로써 이 아이들은 무엇을 할 수 있지?

나는 결국 녀석들에게 해줄 말을 찾지 못했고, 책의 내용을 정리하는 것으로 그날의 수업을 마쳤다.

3.

그날 수업에서 날 힘겹게 만들었던 건 어떠한 무력감이었다. 나는 학원에서 문제집을 풀어 주듯 책의 내용을 해설하고 설명해 줄 수는 있었지만, 어머니란 사회적 존재에 대한 지식을 전달해 줄 수는 있었지만 그 앎이 실제 녀석들의 삶에 어떻게 변화를 가져올 수 있을까에 대해서는 나 자신마저 회의적이었다.

실제로 그 수업 뒤에도 나는 몇 번이나 각자의 어머니에 대한 아이들의 이야기를 들었다. 그 이야기 중 대부분은 '매니저 엄마'에 대한 변함없는 불만과 고통의 호소였다. 그러나 나는 여전히 그 아이들에게 아무 말도 해줄 수가 없었다. 그 아이들이 할 수 있는 건 엄마의 입장을 받아들여 수긍하거나, 아니면 그 뜻을 거슬러 반항을 하는 두 가지 선택뿐이고 그 어느 쪽도 근본적인 문제를 해결할 순 없을 것이며, 그것을 알고 있으면서도 그 둘 중 하나를 선택하라 조언하는 건 무책임한 일이라고 생각했기 때문이다. 가족이란 시스템을 분석하는 일 자체는 쉽다. 구조와 작동방식, 그것이 안고 있는 문제를 이해하는 것 —"왜?"는 생각보다 어렵지 않다. 정말로 어려운 것은 그다음 —'이 문제를 해결하기 위해 우리는 무엇을 할 수 있는가', "어떻게"를 자문할 때이다.

이것은 누군가에 국한된 어려움이 아니다. 『우리 엄마는 왜?』도 그랬지만, 나 역시도 마찬가지다. 앞서 『오이대왕』을 돌이켜보며 나는 가부장적 아버지에 대해 이렇게 말했다.

"그도 언젠가는 은퇴할 것이고, 그와 동시에 그가 공적 영역에서 행사하던 영향력은 급감할 것이며, 그는 더 이상 가족과 사회의 경계에 머무를 힘을 잃게 될 것이다. 하지만 일평생을 그 자리에만 머물러 온 그는 더 이상 자신의 새로운 자리를 찾아내지 못한다. 경계에서 스스로 버틸 힘을 잃은 그는 가족에게도 사회에게도 외부인으로 취급된다. 우리는 가부장적 아버지가 가족들을 두렵게 하면서도 그러한 자리가 아니면 자신이 설 곳이 없다는 두려움을 스스로도 품고 있음을 이해해야 한다."

『오이대왕』을 읽고 내가 말할 수 있었던 것이었다. "아버지를 이해하라."『우리 엄마는 왜?』는 이렇게 말한다. "어머니를 이해하라." 그렇다면『나는 부모와 이혼했다』로는 이렇게 말할 수도 있을 것이다. "독립을 열망하는 아이들을 이해하라."

'이해하라'는 말 그 자체는 문제가 아니다. 진정한 문제는 그다음으로 생략된 수많은 침묵의 명령들이다. 그들이 그럴 수밖에 없음을 이해하고 서로를 위로하라. 다시 말하자면, 이것이 바로 가족의 본질이다. 가족이라는 이름 앞에 우리는 문제에 맞서기보다 그것을 끌어안은 채 고통을 감내하고 그 감내할 힘을 얻기 위해 서로에게서 위안을 얻고자 한다. 그렇기에 '해결하라', '깨뜨려라'가 아닌 '이해하라'는 식으로 말할 수밖에 없다.

왜냐하면, 가족의 이름이 갖는 무게가 있기 때문이다. 설령 우리가 가족의 문제를 사회구조적인 차원에서 이해한다 할지라도 그것을 다시 개인의 삶의 차원으로 가져오는 건 또 다른 문제이다. 내가 가족제도를 비판적으로 볼 수 있는 여러 인문학적 담론들을 접하고 그 논거들에서 설득력을 느낀다 해도 그것을 우리 부모님 앞에서 말하는 건 또 다른 문제인 것처럼. 그와 같은 내용들을 함께 공부하고 토론한 동료들이 있음에도 '어머니인 그들'에 대해서는 낯섦과 함께 무언가 그 주제로 말을 꺼내서는 안 될 것 같은 부담감을 느끼는 것처럼. 내가 누군가의 아들이라는 사실, 녀석들이 누군가의 아들이자 딸이라는 사실, 그분들이 누군가의 딸이자 어머니라는 사실은 불변하는 고유의 무언가가 되어 발목을 잡는다. 그것을 떨쳐내지 않으면 근본적인 문제에 대한 변혁을 시도할 수 없다는 사실을 알고 있음에도 불구하고 말이다.

4.

나는 다른 어떤 주제보다도 '가족'이란 주제를 다루면서 많은 고뇌와 자기검열을 했다. 아이들에게 가족에 대하여 이 정도로 '진보적인' 담론을 이야기해도 괜찮을까? 내가 너무 '보수적인' 관점에 매달리는 것일까? 가족의 문제는 모두 제각각인데, 내가 너무 일반론처럼 말하고 있는 것은 아닐까? 심지어는 이 글을 쓰는 지금 이 순간에조차 이 글을 읽는 사람들, 특히 어머니들이 어떠한 생각을 하고 있을지 걱정이 된다.

분명히 말하지만, 나는 어머니들을 향한(또한 아버지들을 향한)

사회적인 요구와 부담, 그로부터 비롯되는 고통에 대하여 부정하려는 것이 아니다. 그것들을 이해할 필요가 없다고 혹은 무의미하다고 말하는 것도 아니다. 다만 그것들에 대하여 알게 된 지금, 우리가 보다 능동적이고 근본적인 행동을 할 수 있을까에 대한 질문을 던지려는 것이며 그에 대한 어려움을 말하려는 것이다. 그렇다. 내가 말하려는 것은, 일종의 도약이다. 언제부터인지도 모를 기나긴 세월 동안 우리가 내딛어 온 땅을 박차고 구름에 휩싸인 허공으로 뛰어드는 도약. 그날 아이들에게는 미처 전하지 못했던, 하지만 언젠가는 함께 그에 대해 말해 볼 수 있었으면 하는, 그런 도약에 대한 이야기이다.

조너선 데이턴·밸러리 패리스, <미스 리틀 선샤인>

가족이라는 '홈 파인 공간'

조너선 데이턴·밸러리 패리스 감독, 영화 〈미스 리틀 선샤인〉, 2006

1.

'성공으로 향하는 9단계'를 강의하는 아버지는 보잘것없는 출판 계약 하나만 바라봐야 하는 실패자다. 어머니는 몇 주에 걸쳐 저녁 식사를 종이 식기에 담긴 패스트푸드로 때우는 중이다. 할아버지 는 마약 중독자에다 아이들 앞에서도 거침없이 야한 농담을 일삼 고, 문학교수이자 게이인 외삼촌은 동성 애인에게 차여 자살을 시도했다 간신히 목숨을 건졌다. 그런가 하면 아들은 항공학교에 들어가 파일럿이 되겠다며 아홉 달째 침묵시위 중이며 일곱 살짜리 막내딸은 오매불망 미인대회에서 우승하는 것만을 꿈꾼다.

대충 보기에도 정상은 아닌 이 콩가루 집안 사람들이 바로 영화 〈미스 리틀 선샤인〉의 주인공들이다. 이들 가족이 정상이 아니란 건 비단 우리들만의 생각은 아니다. 등장인물들 스스로도 자신들의 가족이 제대로 된 가족은 못 됨을 알고 있다. 단지 그 사실로부터 눈을 돌려 버리고, 입을 다물고, 애써 모른 척할 뿐이다.

그런데, 이 가족은 왜 '정상'이 아닌가?

왜 우리는, 또한 그들은 이 가족이 정상이 아니라고 생각하는 것일까. 만일 쉽사리 대답이 나오지 않는다면 그 까닭을 몰라서가 아니라 무엇부터 말해야 할지 몰라서일 것이다. 벌이를 제대로 못하는 아버지부터 애들답지 않게 미인대회에 정신이 팔린 딸까지…, 짐작 가는 부분이 너무나 많다. 하지만 그 모든 문제들은 결국 하나의 문장으로 요약될 수 있다. 이 가족은, '답지 않다'.

부모는 부모답지 않고 애들은 애들답지 않으며 할아버지와 외삼촌도 마찬가지다. 그 어떤 이도 가족 내의 자기 책임을 다하거나 자기의 역할을 수행하지 못하고 있다. 할아버지나 막내딸 올리브는 그 사실에 그나마 둔감한 편이지만, 아버지 리처드와 엄마 셰릴은 매우 민감하게 그 사실을 받아들인다. 그 때문에 그들은 '답지 않은' 자신을 돌아볼 때 자격지심을, '답지 않은' 다른 가족들을 바라볼 때는 분노와 답답함을 느낀다.

"…올리브. 음, 프랭크 삼촌은 말야. 사실은 사고를 당한 게 아니야. 무슨 일이 있었냐면, 음… 삼촌은 자살하려고 했었어."

"그랬어요? 왜요?"

"어, 미안하지만, 올리브. 그건 적절한 이야깃거리가 아닌 것 같다. 삼촌이 편하게 식사하게 해드리자. 알았지?"

"삼촌, 왜 자살하려고 했어요?"

"안 돼. 대답하지 마, 프랭크."

"…내가 자살을 하려고 한 이유는 행복할 수 없어서야."

"삼촌 말 듣지 마라. 삼촌은 지금 제정신이 아니야."

"여보!"

"미안! 하지만 이건 식탁에서 하기에는 부적절한 대화라고. 특히 일곱 살짜리 꼬마한테는!"

(영화 〈미스 리틀 선샤인〉 중)

물론 우리는 세상 모든 정체성에 대하여 '다움'을 요구한다. 하다못해 사람도 사람다워야 사람이다. 그러나 가족에 있어 '가족다움'은 다른 그 어떤 경우보다도 특별하고, 민감하고, 세세하다. 아무리 시대가 변하고 있다 해도 가족은 여전히 사회의 가장 기초적인 단위이며 가장 사적인 영역으로 받아들여지기 때문이다. 나는 이러한 가족다움을, '홈 파인 공간'이라는 개념을 통하여 이야기해 보려 한다.

2.

'홈 파인 공간'이란 질 들뢰즈(Gilles Deleuze)와 펠릭스 가타리(Félix Guattari)라는 두 철학자가 주장한 개념인데, 얼핏 난해하게 들리지만 실은 상당히 직설적인 표현이다.

아주 평평한, 예를 들면 거울이나 유리 같은 매끄러운 표면을 상상해 보자. 그 위에 물을 붓는다면 물은 어느 방향으로라도 흘러갈 수 있다. 이런 '매끄러운 공간' 위에서 물은 예측할 수도 통제할 수도 없는 움직임을 보인다. 하지만 그 매끄러운 표면 위에 어떤 도랑(홈)을 길게 파 놓는다면 어떨까? 부어진 물은 그 도랑으로 흘러들 것이고, 오직 도랑이 파인 길을 따라서만 흘러가게 될 것이다. 뿐만 아니라 그 뒤로 몇 번 물을 붓는다 한들 똑같은 결과가 반복될 것이다. 이 '홈 파인 공간'에서 물은 반복된 움직임 속에 예측과 통제가 가능한 대상으로 변화한다.

이것이 바로 홈 파인 공간의 속성이다. 홈 파인 공간에는 이미 정해진 규칙과 목적, 역할이 있고, 사람을 포함한 모든 요소들이 그 정해진 홈을 따라 일정한 움직임을 반복한다. 설령 외부로부터 새로운 요소가 더해진다 해도 이미 파여 있는 홈으로 흘러들어 다른 것들과 같이 공간의 규칙과 목적에 따라 역할을 부여받음으로써 가치와 의미를 얻는다. 규칙에 익숙해지면 안정감과 생활을 보장받지만, 규칙을 거부하려 한다면 공간에서 추방된다. 공간으로 흘러들어 붙들리는 것은 쉬우나 모든 것을 버리고 빠져나가기는 어렵다.

이 설명에 가족을 대입하는 것은 그다지 어려운 일이 아니다. 가정은 '가족다움'이란 홈을 따라 흐르는 홈 파인 공간이다. 부모는 부모답게, 아이는 아이답게, 이미 파인 홈을 따라 돌고 돌면서 자신들의 역할을 수행하길 강요받는다. 아버지는 오직 집안을 부양할 수 있는 가장일 때 가치가 있으며, 어머니이길 거부하는 어머니에게 집에 설 자리는 없고, 9개월 동안 한마디도 하지 않을 만큼 가족에게 질려 버린 아들이라 할지라도 모든 걸 버리고 떠나지는 못한다. 모든 것이 엇나가지 않고 홈을 충실히 따르는 그 순간이 바로 홈 파인 공간의 정상상태다. 정상상태의 가족이야말로 '제대로 된' 가족이다.

그렇다면 이쯤에서 다시 〈미스 리틀 선샤인〉으로 돌아가 보자. 비정상적인 한 가족의 모습을 보여 주며 시작하는 이 영화는 과연 길 잃은 이 가족이 스위트 '홈'으로 돌아가는 여정을 담아 내고 있는가?

이야기는 이렇게 흘러간다. 가족들 모두가 서로에게 지쳐 갈 무렵, 막내딸 올리브가 캘리포니아에서 열리는 어린이 미인대회 '미스 리틀 선샤인'의 본선 출전 자격을 얻어 냈다는 연락이 온다. 일요일까지 캘리포니아로 가야 하는데 돈이 없어 비행기를 타는 건 무리다. 결국 작은 미니버스 하나를 아버지가 직접 운전해 가기로 하고, 미인대회를 꼭 봐야겠다는 이유로 할아버지도, 자살 시도한 사람을 혼자 놔둘 수 없다는 이유로 삼촌도, 항공학교 허가서를 써 준다는 조건부로 아들까지, 온 가족이 캘리포니아를 향한 여정에

오른다.

　물론 출발한 뒤에도 이 가족에게는 바람 잘 날이 없다. 온갖 사건이 잇따르면서 가족들은 제각기 가장 두려워했던 상황에 몰리고 다른 가족들과 자기 자신을 향해 분노와 자기혐오를 폭발시킨다. 그 끝에 무언가 극적인 변화가 일어나 그들의 처지를 구제해 주지도 않는다. 단지 모든 위기에 확정 선고가 내려졌을 뿐이다. 삼촌은 휴게소에서 옛 애인과 맞닥뜨린다. 아버지의 마지막 희망이었던 출판 계약은 끝장이 났고, 아들은 색맹이라는 사실이 드러나 항공학교에 갈 가능성이 사라졌으며, 급기야 할아버지는 잠자듯 조용히 숨을 거둔다. 그런데도 이들은 캘리포니아로의 여정을 계속해 나간다. 죽은 할아버지가 올리브의 미인대회를 보고 싶어 했다는 사실과, 여기서 포기하면 패배자가 될 뿐이라는 아버지의 주장과, 이미 700마일이나 달려왔다는 그 이유 때문에.

　상상할 수 있는 최악의 상황. 그 순간 이들을 묶어 주는 건 그들이 혈연으로 연결되어 있다는 사실이나 가족이라는 역할과 책임이 아니다. 가족이라는 홈 파인 공간이 완전히 박살난 가운데, 좁아터진 미니버스라는 제한된 공간과 어떻게든 미인대회장까지 가야 한다는 강박에 가까운 목표가 그들을 함께 있도록 하는 오직 두 가지 조건들이다. 오직 제한되고 단순한 현실이 운명공동체로서의 그들을 유지시킨다. 또한 그럼으로써 처음으로 '가족이기 때문에'가 아닌 다른 이유로 함께 있게 된 그들은 가족의 홈 속에서 벗어난 채 서로를 응시할 수 있게 된다.

영화는 크게 두 장면에서 그 과정을 묘사한다. 하나는 각자의 꿈과 사랑에 있어 완전히 좌절한 삼촌과 아들이 대화를 나누는 장면이다. 두 사람은 게이이자 실패한 작가였던 프루스트에 대한 이야기를 나누면서 실패의 순간 또한 자기 자신을 만들어 나가는 과정이란 대답에 함께 도달한다. 그리고 또 하나는, 그들이 지금껏 달려온 이유, 최종 종착지인 '미스 리틀 선샤인' 미인대회다.

천신만고 끝에 간신히 도착한 미인대회였지만 막상 대회를 보게 된 가족은 경악을 금치 못한다. 참가자인 일곱 살짜리 아이들은 하나같이 짙은 화장과 비쩍 마른 몸, 노출이 심한 복장을 한 채 구태의연한 장기자랑을 하느라 여념이 없었다. 오동통한 몸매에 화장도 안 하다시피 하고 남장에 가까운 옷차림을 준비한 올리브는 그 무대에 너무나 이질적이었다. 애써 웃으며 대회를 지켜보던 아버지, 그리고 삼촌과의 대화 끝에 다시 말을 하기로 결정한 아들은 결국 분장실로 뛰어들어 어머니와 올리브를 붙든다.

"주위를 보세요, 여긴 엿같다구요! 봐요! 난 이런 인간들이 올리브한테 점수 매기는 거 싫어요! 엿 먹으라고 해요!"
"너무 늦었어—."
"늦지 않았어요! 당신은 엄마잖아요. 올리브를 보호해야 하잖아요! 다들 올리브를 비웃을 거예요. 엄마, 제발 못하게 해요."

두 남자는 아버지로서, 오빠로서 딸이자 여동생인 올리브가 상처받지 않게 하기 위해 주변의 시선 따위는 의식하지 않고 격앙된 목소리로 소리친다. 두 사람은 체면이나 다른 그 무엇보다 가족으로서 올리브를 소중히 여겼기에 그녀를 보호하기 위해 그와 같이 행동한다. 동시에 셰릴에게도 어머니의 의무를 다해 올리브를 보호해야 한다고 설득한다. 하지만 셰릴은 울먹이면서도 그들 앞에 고개를 젓는다.

"안 돼, 드웨인. 내 말 들어. 올리브는 그냥 올리브야. 열심히 연습했고, 모든 걸 여기 쏟았어. 이걸 빼앗을 순 없어. 그럴 순 없는 거야. 동생을 보호하려는 거 알아. 안다구. 하지만 올리브는 올리브로 놔두자구."
"올리브, 날 봐. 이거 하기 싫다 해도 괜찮아. 네가 이걸 그만두고 싶어 해도 우린 괜찮아. 그래도 네가 자랑스러워."

무대에 올라가도 웃음거리가 될 것이 뻔한 상황, 올리브를 그런 상황에 처하게 해서는 안 된다는 아버지와 오빠의 주장에 대해 셰릴은 그 선택을 온전히 올리브 자신의 몫으로 맡긴다. 누군가는 이를 두고 책임을 아이에게 떠넘겼다고, 어른이자 어머니로서 무책임하다고 말할지도 모른다. 그러나 셰릴은 '보호'라는 어머니의 방식으로 올리브에 대한 사랑을 표현하기보다 올리브의 꿈과 쌓아온 노력을 존중하는 방식으로 올리브에 대한 애정을 드러낸 것이다. 그녀의 태도에서 읽을 수 있는 건 그녀가 오직 어머니로서만 올리브를 사랑하는 것이 아니며, 오직 어머니이기 때문에 올리브를 사랑하는 것도 아니라는 사실이다. 올리브는 셰릴과 두 남자의 소중한 가족이지만, 올리브는 또한 그저 한 사람의 올리브다. 그들 사이에 존재하는 애정은 가족이라는 형식으로 못박아 둘 수 없는 그 이상의 무언가다. 두 남자 역시 그 사실을 깨닫고 조용히 입을 다문다. 침묵 속에 올리브는 조용히 고개를 끄덕인 뒤 무대로 나아가 입을 연다.

"음, 이 춤을 우리 할아버지께 바치고 싶어요. 이걸 제게 가르쳐 주신 분이에요."

그리고 누구도 상상치 못했던 방식으로 그들의 '미스 리틀 선샤인'은 막을 내린다.

파란만장했던 미인대회를 마치고 그들은 마침내 귀갓길에 오른다. 하지만 어떤 의미에서 상황은 여전히 변하지 않았다. 아버지는 여전히 아버지다울 수 없고, 어머니도 삼촌도 아이들도 마찬가지다. 누가 보더라도 그들은 여전히 비정상적인 가족이다.

물론 사람들은 여전히 그들을 가족이라 부를 것이다. 또한 그들이 함께하는 이유를 '가족이기 때문에'라고 간단히 줄일 것이다. 하지만 앞서 말했듯 그들을 묶어 내는 건 혈연이나 가족이란 이름이 아니다. 캘리포니아로 가는 길 위에서 그들을 묶어 준 건 좁아터진 차와 미인대회였고, 미인대회가 끝난 뒤 영화의 엔딩에서 그들을 묶어 준 건 가족이란 이름 아래 가려져 있던 그 무언가

(Something)였다.

나는 그 무언가를 가족'(가족-프라임)이라고 부르겠다.

3.

가족'이 무엇인지 여전히 이해하기 힘들 수 있다. 가령 이렇게 묻는 사람이 있을 것이다.

"왜 〈미스 리틀 선샤인〉의 엔딩에서 주인공들이 가족으로 묶여 있는 게 아니라고 하죠? 오히려 그들은 이제 서로 사랑하는 진정한 가족이 된 게 아닌가요?"

이는 우리가 일반적으로 가족을 소재로 한 작품들의 클리셰를 받아들이는 방식이기도 하다. 어딘가 비정상적인 가족이 있고 그들이 함께 위기를 겪은 끝에 서로에 대한 애정을 갖게 되면, 우리는 보통 그것을 그들의 '변화'가 아닌 가족의 '회복'으로 읽어 낸다. 즉, 가족이란 원래부터 서로를 사랑하는 관계인데 비정상적 가족은 그것이 결핍된 상태였고 위기를 거쳐 사랑을 회복해 정상 가족으로 돌아갔다고 생각하는 것이다.

이처럼 어떤 사람들은 가족이니까 당연히 그들 사이에는 사랑이 존재하고, 또 그래야만 한다고 주장한다. 서로를 사랑하는 것이야말로 '가족다움'이라는 관점인데, 그런데 이때 가족의 사랑이란 자연의 산물로서 '본래부터 존재하는 것'이면서 동시에 인간사회의 산물로서 '수행되어야 하는 의무'이기도 하다. 이것은 매우 중

대한 모순이다. 왜냐하면 본래부터 존재하는 것은 의무로 수행할 필요가 없기 때문이다. 밥을 먹고 숨을 쉬는 것을 법률로 규정하지 않는 것처럼 말이다. 그리고 이 모순은 가족다움이라는 환상 속에서 다음과 같은 사실을 은폐한다——설령 가족 관계라 하더라도 애정은 본래부터 존재하는 것이 아닌 여러 구체적 관계의 맥락 속에서 만들어지는 구성물이며, 따라서 '가족다움'이라는 하나의 기표로 통일하기에는 지나치게 많은 형태와 함의가 존재한다는 점이다. 이를 고려하고 본다면 〈미스 리틀 선샤인〉의 주인공들은 원래부터 갖고 있던 사랑을 '회복'한 게 아니다. 그들은 가정이라는 홈 파인 공간에서 벗어나 캘리포니아로의 길 위에 내던져짐으로써 이전과는 다르게 존재하는 방법을 찾아가는 과정 속에서 서로를 사랑할 수 있는 방법을 새롭게 '발견'하고, 그러한 자신들로 '변화'한 것이다. 그들은 더 이상 가족이 아닌 가족'으로 만난다.

그래서, 그 무언가(Something), 가족'이 대체 무엇인가. 그것은 어떻게 정의될 수 있고, 어떻게 만들어지는 것인가. 정말로 유감스럽게도 나는 그것을 한마디로 명쾌하게 정리할 수 없다. 그것이 내가 〈미스 리틀 선샤인〉의 마지막 장면과 대화 들을 일일이 묘사해야 했던 까닭이기도 하다. 가족'은, 그들이 처한 맥락에 따라 결코 한 가지로 일반화될 수 없는 구체적인 과정 속에서 형성되는 유대감이다. '가족이기 때문에'라는 이유와 '가족이라면 마땅히'라는 의무 없이도——가정이라는 익숙한 홈 없이도, 어떻게 함께 살아가고 서로를 사랑할 것인가를 고민하는 구체적 과정이자, 그 과정이 행해지는 하나하나의 관계들 그 자체다.

　이러한 '가족'은 혈연으로 전혀 이어져 있지 않은 사람들 사이에 서도 형성될 수 있다. 흔히 우리가 '유사가족'으로 표현하는 관계인데, 고레에다 히로카즈(是枝裕和) 감독의 영화 〈어느 가족〉(万引き家族)이나 김태용 감독의 영화 〈가족의 탄생〉이 이러한 관계를 다룬다. 핏줄로 이어져 있지 않음에도 함께 살며 각자의 방식으로 서로를 보살피는 그들의 모습에서, 우리는 오직 그와 가장 유사하고 익숙한 공동체에 대해 우리가 갖고 있는 유일한 이미지이기 때문에 '가족'이란 단어를 떠올린다. 막상 그들이 왜 가족인가를 설명해 보라는 질문을 받는다면 많은 이들은 대개 그럴듯한 대답을 찾지 못하거나 제각기 다른 대답을 내놓을 것이다.

　그런 면에서 '가족'은 가족이면서도 가족이 아닌 무언가다. 그럼에도 그것을 구태여 '가족'이라고 부르는 까닭은 오직 우리가 가진 상상력의 한계 때문이다. 우리의 상상력이 유한하고 누구나 이미 알고 있는 것을 기초로 하여 새로운 것을 상상할 수밖에 없기 때문이다.

　나는 앞서 독립을 원하는 아이들의 이야기(『나는 부모와 이혼했다』)와 더 이상 가부장일 수 없는 아버지들의 이야기(『오이대왕』)와 이해하는 것 외에 다른 방법이 없는 어머니들의 이야기(『우리 엄마는 왜?』)와, 급변하는 현실 속에 변화하는 가족의 형태와, 집안마다 다른 각 가족들의 사정과, 그 모든 이유로 인해 가족이라는 주제를 다룰 때 맞닥뜨리는 어려움에 대하여 이야기했다. 이제는 그것을 하나의 결론으로 정리할 때인 듯싶다. 내가 사실 정말로 아이들에게 말하고 싶었던, 바로 그 가족의 비밀은 이미 홈 파인 공간으로서의 가족 형식은 불가피하게 해체되고 있고, 그처럼 수많은 형태의 관계들이 있음에도 그 홈으로 무리하게 회귀하려 할 때마다 우리는 결핍과 좌절 속에 '가족'의 가능성마저 상실한다는 것이다.

때때로 몇몇 '진보적인' 이들이 '가족을 해체하라'는 발화를 할 때 사람들은 경악하거나 경멸하는 반응을 보인다. 그 말이 이 시대의 인간적 관계의 마지막 보루인 가정을 파괴하고, 세상 모든 인간들을 타인과 같이 대하라는 의미로 닿았기 때문일 것이다. 하지만 내가 생각하기에, '가족을 해체하라'는 발화는 홈 파인 공간으로서의 그 형식을 해체하라는 것으로, "모든 가족을 타인과 같이 대하라", 즉 고립된 개인이 되라는 의미가 아닌 "그 어떤 타인과도 가족'이 될 수 있는 힘과 가능성을 발견하라"는 의미다. 가족이라는 홈 없이도 언제 어디서 누구를 만나든 서로를 사랑하고 함께 살아가는 방법을 고민할 수 있는 역량을 갖추라는 뜻이다.

가정이 무너지고 사회가 무너지는 가운데 어떻게 '가족'을 만들어 갈 것인가? 인간이 사회적 동물인 이상 이것은 이미 선택의 문제가 아니며, 이것은 어쩌면 삶과 죽음의 문제이다.

언젠가 아이들도 그것을 알아주길 바라며, 나는 여름의 수업을 마쳤다.

3

가을에 읽은 마을 이야기

조세희, 『난장이가 쏘아올린 작은 공』

그리고 도시가 태어났다

조세희, 『난장이가 쏘아올린 작은 공』, 이성과힘, 2000(초판 1978)

1.

나와 아이들이 함께 수업한 문탁네트워크는 용인 수지구 동천동에 자리를 잡고 있다. 아이들과 수업을 할 당시에는 우리 집도 그 부근에 있었는데, 대략 13년 정도를 거기서 살았던 것 같다.

13년 전 내가 처음 동천동에 왔을 때에는 지금 들어선 건물들의 채 절반도 존재하지 않았다. 지금 아파트 단지가 들어선 자리에는 높은 철제 벽이 둘러쳐 있었고, 얼핏 보이는 틈 사이로는 잡초가 무성한 황무지에 무너져 가는 단독주택이 보였다. 해가 질 무렵이면 들개들이 그 폐가에 모여들어 울어 댔기에 불안한 마음으로 그 옆을 지나야 했다.

그런가 하면 내가 학교를 다니던 길에는 근현대사 교과서에서나 볼 법한 판잣집들이 다닥다닥 붙어 있었다. 앙상한 널빤지를 밟고 개천을 건너면 나무판이며 각목을 얼기설기 엮어 세운 지붕 낮은 집들이 쭉 늘어서 있었다. 그 집들을 지나면 골프장 앞에 가로로 길쭉한 잿빛 컨테이너 박스가 하나 놓여 있었는데 그게 이 동네의 성당이었다. 성당을 지나면 커다랗고 시커먼 버드나무가 음산하게 가지를 드리운 폐공장이 나왔고, 더 나아가면 양옆으로 수풀이 높게 우거진 비포장도로로 이어졌다. 그 좁은 길에는 변변한 가로등 하나 없어서 우리는 늘 여럿이서 모여 그 길을 지났다. 그러다 언젠가 밤에는 제일 뒤에 선 녀석이 무언가의 그림자를 보고 깜짝 놀라 꽥 비명을 지르고 앞으로 내달린 적이 있었는데, 그 바람에 앞서 가던 나머지도 죄다 혼비백산해서 다들 목이 터져라 비명을 지르며 달린 적도 있었다.

길 끝에는 버려진 컨테이너 박스들이 산더미처럼 쌓여 있었고, 벽에 때가 탄 낡은 단독주택들이 몇 채인가 보였다. 그 주변을 쏘다니던 흰색 똥개는 우리가 등교할 때마다 항상 길 복판에 기묘한 모양으로 똥을 싸질러 놓곤 했는데 그래서 붙은 별명이 '아티스트'였다. 가끔 '아티스트'가 길 한가운데서 라이브 공연을 할 때면 우리는 또 괴성을 지르며 그 옆을 뛰어 지나갔다. 그런 다음에 다섯 자매가 아니라 오씨 자매가 운영하는 '오자매' 슈퍼를 지나고, 다리를 건너고, 마을을 통과하고, 산길을 걸어 올라가야 우리 중학교가 나왔다.

그리고 지금, 그 모든 것들이 있던 자리에는 '래미안' 아파트와 '자이' 아파트, 새로 지은 상가들과 크고 넓게 닦인 도로들이 들어서 있다.

나는 가을 시즌의 첫번째 수업을 그렇게 옛이야기로 시작했다. 아이들은 반쯤은 호기심에 찬 눈으로 반쯤은 의심하는 눈으로, 하지만 다들 잔뜩 집중해서 내 말을 들었다. 오늘 자기들이 버스를 타고 지나온 그 풍경들이 불과 십수 년 전에는 전혀 다른 모습으로 존재했다는 사실이 퍽 흥미로웠던 모양이다. 녀석들 입장에서야 믿기 힘든 이야기라 해도 나에게는 아직 꽤 선명한 기억들이었고, 나는 그 기억들을 통해 녀석들에게 분명히 전하고픈 사실들이 있었다.

모든 것이 그러하듯 도시도 처음부터 그 자리에 있던 것은 아니라는 사실.

모든 도시들에는 저마다의 태어난 사정이 있다는 사실.

대부분의 도시는 다투고, 추방하고, 빼앗고, 밀어내고, 갈라섬으로써 태어난다는 사실.

우리에게 가장 익숙한 도시들도 그로부터 예외는 아니라는 사실.

바로 그것, 도시의 탄생에 대하여 이야기하기 위해, 나는 몇 번째 읽었는지 모를 『난장이가 쏘아올린 작은 공』(이하 『난쏘공』)을 아이들 앞에 펼쳤다.

2.

천국에 사는 사람들은 지옥을 생각할 필요가 없다. 그러나 우리 다섯 식구는 지옥에 살면서 천국을 생각했다. 단 하루도 천국을 생각해 보지 않은 날이 없다. 하루하루의 생활이 지겨웠기 때문이다. 우리의 생활은 전쟁과 같았다. 우리는 그 전쟁에서 날마다 지기만 했다. 그런데도 어머니는 모든 것을 잘 참았다. 그러나 그날 아침 일만은 참기 어려웠던 것 같다.

"통장이 이걸 가져왔어요."

내가 말했다. 어머니는 조각마루 끝에 앉아 아침식사를 하고 있었다.

"그게 뭐냐?"

"철거 계고장예요."

"기어코 왔구나!"

어머니가 말했다.

"그러니까 집을 헐라는 거지? 우리가 꼭 받아야 할 것 중의 하나가 이제 나온 셈이구나!"(『난장이가 쏘아올린 작은 공』, 80~81쪽)

『난쏘공』에 대한 나의 첫번째 기억은 이야기 첫머리부터 실린 철거 계고장에 대한 것이다. 제목이 재미있어 보인다는 이유로 집은 책에서 갑자기 튀어나온 낯선 언어에 일순 멍해졌던 기억이 난다. '재개발 사업', '주택 개량 촉진에 관한 임시 조치법', '건축법 제5조 및 동법 제42조' 등등, 난생 처음 접한 단어들이 감정이라곤 느껴지지 않는 차가운 문체 위에 놓여 있었다. 나는 그 말들이 대체 무엇을 의미하는지 이해하지 못한 채 책장을 넘겼고, 그 뒤로 이어지는 무디고 거친 대화들에 또 한 번 당황했다.

페이지를 계속 넘긴다고 해서 바뀌는 건 없었다. 말 그대로 읽기만 했을 뿐, 나는 결국 첫번째 시도에서 이 책이 대체 무엇을 말하려는 것인지 조금도 이해하지 못한 채 책을 덮었다. 나는 그러한 내 경험에 비추어 녀석들에게도 이 책이 매우 버거웠으리라고 생각했고, 실제로도 그랬다.

그 버거움은 어디로부터 온 것일까? 녀석들은 그 질문에도 쉬이 답하지 못했다.

"왜, 뭐가 이해하기 힘들었어?"
"그냥요!"
"전부 다요!"

아마 처음 『난쏘공』을 읽었을 때의 나도 비슷했던 것 같다. 특정한 지점들을 이해할 수 없는 게 아니라 상황 전체를 이해할 수 없기 때문에 어디서부터 모르는가를 대답할 수가 없는 것이다. 철거 계고장이 대체 무엇을 의미하는지, 난쟁이 가족은 무얼 두려워하고 걱정하는지, 아파트에 들어갈 권리가 있다면서 못 들어간다는 건 또 무엇인지, 처음부터 끝까지 전부 다 알 수 없는 이야기들뿐이니까. 태어났을 때부터 아파트에서 살아 온 아이들에게 '아파트가 존재하기 이전'을 이야기하기 위해서는 그만한 사전 설명이 필요하다.

나는 문제의 철거 계고장을 한 번 더 들여다보는 데서부터 시작했다.

제일 위에는 낙원구라는 세 글자가 크게 박혀 있다. 그다음 줄은 주택번호로 시작한다. 나는 그 줄의 끝에서 읽기를 멈춘다.

거기에는 계고장의 발급날짜가 적혀 있다.

197X. 9. 10

1970년대. 아직 아파트로 가득 차기 전의 서울에는 무슨 일이 있었던 것일까? 나 역시 아파트에서 태어났고, 그 시절의 서울을 그저 상상만으로 떠올리기에는 상상력도 부족하다. 때문에 나는 부득이 몇 권의 책을 더 찾아봐야 했다. 그중 하나가 한홍구의 『특강』(한겨레출판, 2009)이었다.

이 책의 3장은 '불도저' 김현옥 시장의 시대로 대표되는 60년대부터 70년대까지의 토건과 개발의 도시였던 서울을 그려 낸다. 1960년대 서울에서는 "건설은 나의 종교"라던 김현옥의 지휘 아래 서울의 대부분을 차지하고 있던 판잣집들이 헐려 나가고 그 자리를 지하도, 육교, 고가도로, 상가와 시민아파트들이 대체했다.

방한하는 미국의 존슨 대통령과 워커힐 호텔에 머무르는 외국 관광객들 등에게 너저분한 판잣집을 보여 줄 수는 없다는 표면적인 이유와, 여러 공사들을 대통령의 치적으로 만들고 뒤로는 이윤을 남기려는 실질적인 이유가 있었다. 청와대에 있을 박정희에게 잘 보여야 한다며 산 위에 지어진 아파트들도 적지 않았다. 1962년 마포 아파트의 건설을 기점으로 하여 판잣집들이 사라진 자리에 본격적으로 고급 아파트들이 차례로 들어서기 시작했고, 그 가운데 시간은 1970년대에 이르렀다.

1970년대에 들어 마침내 강남 개발이 시작됐다. 허허벌판에 논밭뿐이던 강남에 하루가 지날 때마다 새 건물이 들어섰다. 신사동에는 카바레와 술집으로 가득한 유흥가가 조성됐다. 그 카바레들은 영동으로, 다시 압구정으로 퍼졌다. 지하철 2호선이 강남을 관통하게 되고, 명문고등학교인 경기, 서울, 휘문, 진명, 양정, 숙명여고가 강남으로 옮겨졌다. 이 무렵 중동에서 흘러든 오일머니는 투기 자금이 되었고, 독재정권-토건업체-개발공사가 이룬 카르텔은 서울의 부동산 가격을 폭발적으로 끌어올렸다. 1975년 공사를 시작한 압구정 현대아파트를 필두로 아파트 광풍에도 더더욱 불이 붙었다.

그리고 본디 그 자리에서 살고 있던 수많은 난쟁이 가족들은 조용히 모습을 감췄다. 그들의 집은 강제로 헐려 나갔다. 아파트의 공화국 서울은 그렇게 그들을 밀어낸 자리 위에 세워졌다. 원한다면 그 자리에 들어설 아파트에 들어오라 하지만 판잣집에 살던 난쟁이 식구들에게 그럴 돈이 있을 리는 만무했다. 그들은 고된 몸을 이끌고 다른 동네로 떠나갔지만, 그 동네에도 다시 아파트가 들어섰다. 그럼 그들은 다시 떠나갔다. 그렇게 변두리로 쫓기기를 반복했다. 더 이상 떨어질 데 없을 가장자리까지.

"살기가 너무 힘들다."
아버지가 말했었다.
"그래서 달에 가 천문대 일을 보기로 했다. 내가 할 일은 망원 렌즈를 지키는 일이야. 달에는 먼지가 없기 때문에 렌즈 소제 같은 것도 할 필요가 없지. 그래도 렌즈를 지켜야 할 사람은 필요하다."
"아버지, 도대체 그런 일이 가능할 것 같아요?"
(『난장이가 쏘아올린 작은 공』, 120쪽)

그렇기에 난쟁이는 달로 떠나야만 했던 것이다.
우리가 집에 가는 길에 어떤 판잣집들도 보이지 않게 된 것이다.

3.
한홍구의 도움을 받은 설명을 마친 뒤에도 아이들은 좀처럼 감을 잡지 못하는 표정들이었다. 무슨 이야기인지 이해는 했으되 여전히 자신들에게서 너무나 먼, 예전의 이야기처럼 느껴지는 듯했다.
나는 지금은 그래도 상관없다고 생각했다. 난쟁이의 이야기는 이번 가을 동안 계속해서 하게 될 이야기의 시작에 지나지 않았기 때문이다. 그것은 이 도시가, 우리에게 너무나 익숙한 아파트로 가득 찬 이 도시가 어떠한 경위로——누구를 쫓아내고, 무엇을 헐어 내고, 그리하여 무얼 얻고자 했는지——만들어졌는가를 설명하는 이야기이다. 그러한 까닭들은 절대로 그냥 사라지지 않고 사물의 존재방식 속에 그대로 남아 새겨진다.

1960년대에서 70년대에 이르기까지 복마전을 방불케 한 서울의 도시개발은 서울 사람들의 삶의 형태와 의식을 완전히 바꾸어 놓았다. 투기 열풍은 오늘날까지도 벌어지고만 있는 계층의 양극화를 초래했고, 새롭게 들어선 아파트 건물들은 이전과는 전혀 다른 형태의 생활양식을 만들어 냈다. 우리가 숨 쉬듯 자연스럽게 향유하고 있는 도시에서의 삶은 그로부터 비롯되었다. 물질적 측면과 정신적 측면, 양쪽 모두에서 도시의 사람들은 완전히 갈라졌다.

녀석들이 달로 간 난쟁이와 자기들 사이의 거리가 얼마나 멀다 느낄지는 모르겠지만 사실 그것은 손에 닿을 만한 거리다. 단지 너무나 익숙하기에 인지하지 못할 뿐, 기원을 알고 의심을 품기 시작하는 바로 그 순간부터 자신의 하루에 질문을 던지는 건 그리 어려운 일이 아니다. 도시에서 살아가는 수많은 사람들이 물었을 것이고, 더러는 답을 얻고 더러는 잊었을 것이다.

『난쏘공』은 1978년부터 2007년까지 서른 해 동안 백만 부가 팔렸다고 했다. 도시의 삶에 대해 품은 사람들의 의심이 적어도 그만큼은 이어졌단 뜻이리라. 그런 까닭에 나는 그날 수업을 그쯤하고 마치기로 했다. 내 등굣길 판잣집에 살던 사람들은 과연 어디로 떠나갔을까를 생각하면서.

도시는 더 이상 말하지 않는다

양귀자, 『원미동 사람들』, 쓰다, 2012(초판 1987)

1.

도시는 난산 끝에 태어났다. 독재정권의 감시와 달아오른 부동산 열기, 변두리로 추방당한 사람들이 있은 끝에 남겨진 땅──그 땅 위로 탐식하듯 허겁지겁 올라간 빌딩과 아파트들이 바로 오늘날 우리가 보는 도시의 모습이다. 그런 까닭에 도시에는 항상 '메마른', '삭막한', '차가운', '외로운' 따위의 형용사들이 달라붙는다. 우리는 제각기 흩어져 홀로 부유하는 도시의 사람들을 상상하며 또한 그 상상을 실제로 살아간다. 그것이야말로 '도시다움'이다.

그리고 '도시다움'에 익숙한 나와 아이들에게 『원미동 사람들』이 그리는 도시의 모습, 80년대 부천시 원미동의 풍경은 낯설기 짝이 없는 것이었다. 양귀자는 『원미동 사람들』 작가 후기에서 그녀가 영위했던 원미동에서의 삶을 다음과 같이 풀어낸다.

한 동네에서 6, 7년을 산다는 일은 이웃 아이들의 이름을 알고, 이웃들이 무슨 벌이를 해서 먹고살며, 앞으로의 희망은 무엇인가를 흐릿하게나마 짐작하고 엿볼 수 있다는 사실을 가리키기도 한다.(『원미동 사람들』 작가 후기 중)

도시에서의 6, 7년이란 시간이 이웃의 이름을 알고 그들의 생업을 알고 그들이 꿈꾸는 삶을 짐작하기에 충분한 시간이었던가?

가엾게도 아이들은 무언가 뒤통수를 맞은 것 같은 표정을 짓고 있었다. 『난장이가 쏘아올린 작은 공』(『난쏘공』)도 아이들에게 낯선 도시의 모습을 그리고 있다고는 하나 그 책은 하다못해 제목이라도 몽환적인 느낌이 든다. 하지만 『원미동 사람들』은, 구체적인 실제 지명까지 더해진 그 직관적인 제목은 이번에야말로 '익숙한' 도시의 모습을 보여 줄 것만 같은 기대를 품게 하고서 또 한 번 녀석들을 배신한 것이다.

그렇더라도, 『원미동 사람들』이 『난쏘공』에 비해 훨씬 친절한 책이라는 건 분명했다. 적어도 등장인물들의 말이나 행동이 현학적이지는 않으니까. 원미동 사람들의 일상 속에서 벌어지는 아옹다옹한 다툼들도 친구나 형제자매끼리의 다툼과 비슷한 것이라 생각하면 이해 못할 것도 아니다. 그래서 이번에는 나도 마냥 설명하기보다는 질문으로 시작했다. 「일용할 양식」이라는 제목의, 동네의 두 슈퍼가 비슷한 품목을 취급하며 경쟁하게 되면서 일어난 일을 다루는 에피소드였다.

"김반장 말도 맞아. 어쩔까. 이번에는 형제슈퍼에서 연탄 백 장 들여놓아야 할까 봐."

"할 수 없잖아. 김포 몰래 우리도 이십 킬로그램짜리 쌀 팔아 줬어. 괜히 경호 아버지 눈치가 보이고, 참말 내 돈 내고 쌀 팔아 주면서 무슨 죄를 짓는 것처럼 이게 뭐야."

"이번에는 김포슈퍼, 다음에는 형제슈퍼, 그렇게 하면 되잖아요."

"그럼 계란이니 두부니 라면도 일일이 나눠갖고 사러 다닐꺼여? 아이구, 난 이젠 늙어서 기억력도 모자라는디 헷갈려서 그 짓 못혀."(『원미동 사람들』, 274~275쪽)

두 슈퍼 주인들은 서로 신경전을 벌이고, 동네 여인들은 어느 슈퍼에서 물건을 사야 할지 고민에 빠진다. 아이들은 이러한 상황 자체는 쉽게 이해했다. 한 친구랑 너무 친하게 지내면 다른 친구가 서운해하는 것과 마찬가지다. 하지만 친구들 사이의 다툼이 아닌

슈퍼에서 물건을 사는 상황에서 이런 고민을 한다는 사실에는 매우 낯설어했다. 너무 답이 당연한데 왜 고민을 하는지 모르겠다는 것이다.

"왜 어느 슈퍼에서 살지 고민해요? 그냥 둘 중에 더 싼 데서 사
면 되잖아요?"

왜 물건을 사는 입장인 우리가 슈퍼 주인들의 사정을 일일이 다 생각해야 하는가? 가족도 아니고, 학교 친구도 아닌데. 돈을 건네고 물건을 사는 그 과정만이 슈퍼 주인과 나 사이의 유일한 연결점인데. 그런데 왜 원미동 사람들은 형제슈퍼 주인에게 딸린 식구가 몇이고, 김포슈퍼 내외가 작년 내내 얼마나 열심히 일을 했고, 그러한 사정들을 일일이 따질까. 아니, 애초에 그런 이야기들을 어떻게 다들 알고 있는 걸까.
나는 잠시 다른 이야기를 해보기로 했다.

"너희 학교 갈 때 집에서 몇 시에 나와?"
"여덟 시쯤이요…?"
"나와서 엘리베이터 타면, 다른 사람이랑 같이 탈 때 있지? 같
은 층에 사는 사람이랑 같이 탈 때도 있나? 마주치거나."
"네."
"그 사람 이름 혹시 아니?"

"아뇨."

"학교 갈 때는 버스 타거나 하지? 기사 아저씨 이름은 혹시 알아?"

"……."

"학교 끝나고 다른 곳들도 들르잖아. 편의점이나 분식집이나 PC방이나 뭐 다른 곳들… 그중에서 혹시 이름 아는 사람은?"

"……."

"가족이랑 학교에서 만나는 사람들 빼고, 하루 동안 마주치는 사람들 중에서 이름 아는 사람 있어? 이름이 아니면 뭐 다른 거… 가족이 누가 있고 뭐 그런 거라도."

"……."

"우리는 매일 똑같은 루트 따라 살잖아. 똑같은 시간에, 똑같은 버스 타고, 똑같이 학교 갔다가, 똑같은 길 따라 학원 들르거나 집 오고… 잠깐 스쳐가는 사람도 있겠지만 매일 보는 사람들도 있을 거야. 그렇지? 그런데 왜 우린 그 사람들 이름을 잘 모를까…?"

아이들은 대답 대신 나를 빤히 쳐다보았다. 그 시선에서 두 개의 물음이 읽혔다. "선생님은 어떤데요?" "왜 우리가 그 사람들 이름을 모르게 된 건데요?"

앞 질문에 대해서는 나도 별로 할 말이 없었다. 뒤의 질문에 대해서는, 조금 고민이 필요했다.

2.

형장이건, 전쟁터건, 어떤 역사가 있던 땅이건 간에 시간이 지나면 다시 초목이 우거진다. 도시도 마찬가지다. 부패한 권력과 추방당한 사람들의 기억이 다 지워지지 않았다 해도 새로이 사람들이 모여들면 그 자리에 새로운 공동체와 관계망이 형성된다. 어떤 학자들은 그 새로운 관계망에서 가능성을 읽어 냈다. 그들이 포착해 낸 건 도시가 아우르는 수많은 특이성과 이질성이었다.

그들은 전라도에서, 경상도에서, 충청도에서, 강원도에서, 그야말로 전국 각지에서 몰려온 사람들이다. 연탄 배달도 하고 날품팔이도 하며 공장에도 다니고 그렇게들 산다. 또 회사원도 많고 대다수의 사람들은 이러저러한 장사를 해서 먹고살기도 한다. 한국 사회의 이주 현상을 무슨 표본실처럼 보여 주는 이 도시의 안간힘을 나는 동병상련하게 되었고 그것이 이 연작을 구상케 하였다…(『원미동 사람들』작가 후기 중)

도시에는 서로 다른 뿌리를 가지고 서로 다른 오늘을 살아가는 수많은 타자(他者)들이 섞여 있다. 그 혼란스럽고 제한된 공간 속에서 사람들은 함께 살아 나갈 방법을 발명해야 한다. 나와는 다른 사람들이 내 옆에 있기에 이전의 방식, 나에게만 익숙한 방식을 고집해서는 필연적으로 한계에 부딪힌다. 충돌은 불가피하다. 문제는 충돌을 마냥 회피하는 것이 아니라, 충돌을 통해 무엇을 배우고 변화시킬 것인가이다. 그리하여 배경도 삶의 방식도 가치관도 다른 이들이 끊임없이 충돌하고 봉합하기를 반복하면서 공존의 길을—새로운 삶의 형태를 만들어 나가리란 게 학자들이 도시에 기대한 가능성이었다.

『원미동 사람들』은 그러한 과도기에 놓인 도시 공동체의 일상을 그려 내고 있다. 연작이라는 형식에 걸맞게 매번 서로 다른 삶들을 그려 낸다. 땅은 파는 것이 아니라 농사짓는 것이라 아직도 굳게 믿고 있는 노인, 추레한 옷을 입고 동네를 거닐며 시를 읊는 백수 청년, 젊음을 화류계에 바친 다방집 여인… 그들이 맞닥뜨리는 원미동의 삶은 비슷한 결을 타는 듯하면서도 놀라울 정도로 다르게 비친다. 그 이야기들을 거듭하여 읽다 보면 특이성이니 타자성이니 하는 것이 무엇을 말하는 것인가를 어렵잖게 짐작할 수 있다. 도시에는 서로 다른 것들이 잔뜩 모여 있다. 예나 지금이나 그 사실은 마찬가지다.

다만, 바뀐 것은 그것들이 더 이상 뒤엉켜 있지 않다는 점이다.

오늘날 도시는 '정비'되었다. 그리고 끊임없는 정비를 지향한다. 여기서 정비한다는 것은 뒤엉켜 있는 서로 다른 것들을 각기 같은 것끼리 분류하여 더 이상 섞이지 않도록 구분함을 의미한다. 다시 말해 그것은 각자가 맺어 나갈 관계가 처음부터 정해져 있음을 의미한다.

이에 있어 아마도 우리가 가장 쉽게 떠올리는 예시는 '얼마나 갖고 있느냐'에 따른 계층 구분일 것이다. "임대 아파트 단지에 사

는 아이들과는 어울리지 말렴." "자꾸 ○○ 아파트에 사는 아이들
이 들어와서 우리 단지 놀이터를 이용하는데, 막아야 한다고 생각
합니다." "못 사는 집 아이들과는…." "공부 잘하는 애들이랑 어울
려야지…." 지극히 전근대적인 욕망의 향기를 풍기는 이러한 발화
들은 동일 계층 혹은 상위 계층과의 관계 형성은 긍정적인 것으로,
하위 계층과의 관계 형성은 부정적이며 회피해야 하는 것으로 규
정한다. 서로 다른 계층의 서로 다른 삶을 사는 이들이 접촉할 가
능성을 애초부터 차단하는 것이다. 하지만 이것은 가장 직관적인
예시일 뿐이다. '정비'의 규정과 제약은 생각보다 훨씬 더 광범위
하게 오늘날 도시인들의 삶을 규정한다.

　『원미동 사람들』 중 「원미동 시인」이란 에피소드의 화자는 일곱
살짜리 여자아이다. 이 당돌한 소녀는 동네의 백수 청년이자 시인
을 자처하는 '몽달 씨'와 자신이 "엄연히 친구"라고 말한다. 스물일
곱 살짜리 남자와 일곱 살짜리 소녀의 우정. 이 역시, 오늘날 우리
가 보기에는 불가능한 관계이다. 우리가 보기에 스물일곱 살 남자
와 일곱 살 소녀 사이에 존재할 수 있는 관계의 가능성은 오직 셋
뿐이다. 교사와 학생이거나, 가족이거나, 아니면 범죄거나. 학교나
가정이라는 안전 영역에 포함되지 않은 스물일곱 살 시인 지망생
은 둘 사이의 우정이 어쨌고 저쨌건 간에 곧 공포스러운 존재로 취
급되는 것이다.

　이러한 사례들은 오늘날 정비된 도시의 궁극적인 구분 원칙을
보여 준다. 여기에는 단 두 종류의 관계-거리만이 존재한다. '낯익

고 친근해야 하는 관계'와, '낯설고 두려워해야 하는 관계'가 바로 그것이다. 전자는 동일성의 관계이고 후자는 타자성의 관계이다. 오늘날 아이들에게 전자는 집과 학교의 관계이고, 후자는 그 외의 모든 관계이다. 심지어 아이들에게는 저러한 관계를 스스로 결정할 권리조차 없다. 아이들에게는 맺어야 하는 관계의 가이드라인이 처음부터 '주어진다'. 집과 학교라는 '내부'에서 맺는 관계들은 사적이고 친밀함을 유지해야 하지만 그 외의 모든 '외부'는 낯설고 두려워해야 하는 존재다. 슈퍼 주인은 당연히 후자에 해당한다. 따라서 아이들은 슈퍼 주인의 이름과 그의 가족 관계를 물어야 할 까닭을 조금도 느끼지 못한다. 화폐가 이어 주는 물건을 사고파는 관계 외에 또 다른 관계의 가능성이 있음을 상상해야 할 이유를 느끼지 못한다. 그리고 그 아이들이 자라서 성인이 되기에 성인들도 마찬가지다. '낯선 것들이 충돌하여 새로운 것을 낳는' 도시는 이미 옛말이다. 도시에는 여전히 다른 것들이 모여 있지만 오늘날 도시에서의 공존이라는 단어가 의미하는 바는 더욱 치밀하고 효율적인 분류법에 다름 아니다.

3.

『원미동 사람들』이 그리는 풍경은 결코 마냥 아름답지는 않다. 그 풍경에는 인심 좋은 시골을 떠올리게 하는 인정과 연민이 있는가 하면, 언제부터인가 도시다움이라 말해지게 된 박정함과 차가움도 있다. 또 시골 마을에서 볼 법한 특유의 폐쇄성이 드러나는 부분이 있는가 하면 새로운 것에 관대한 도시의 개방적인 면모도 엿보이고, 또 그 사이를 오가는 우유부단함과 유연함이 느껴지기도 한다. 중요한 건 그 천태만상의 일상 속에서 원미동 사람들이 서로를 향한 참견을 멈추지 않는다는 것이다. 그 참견 속에서 동네 사람들의 관계는 충돌, 회복, 변화, 죽음과 생성을 거듭한다. 영영 끝나 버리는 관계가 있는가 하면 새롭게 시작되는 관계가 있고, 변함없이 이어지는 관계가 있는가 하면 변해 가며 이어지는 관계도 있다. 그 모든 과정이 원미동이라는 공간에 역동성과 주체성을, 다시 말해 삶을 불어넣는다.

그에 비해 오늘날 도시의 풍경은 보다 안정적이고 고정되어 있다. 낯익은 것은 낯익은 채로, 낯선 것은 낯선 채로 남아 있다. 집과 학교를 오가며 매일매일 같은 루트를 따라가는 일상은 아이들에게 지독히도 낯익은 것이다. 하지만 그 루트에서 한 발짝만 벗어나면 존재하는 광활한 외부는 녀석들에게 완전히 낯선 것이다. 그러한 도시는 철저하게 익숙하면서 철저하게 낯선 공간이며, 처음부터 주어지는 공간이지 주체적으로 만들어 나가는 공간은 아니다. 그 평면 속에서 아이들은 싸우는 방법을, 화해하는 방법을, 말하는 방법과 함께 살아가는 방법을 잊는다. 알아야 할 것은 모두 미리 주어지기에 아이들은 도시에게 그 무엇도 묻지 않는다. 어른들도 도시에 말을 걸지 않는다.

오늘날 도시는 더 이상 말하지 않는다.

그러므로 사람들은 다시 마을을 말한다 (1)

장성익, 『내 이름은 공동체입니다』, 풀빛, 2015

1.

도시가 탄생한 뒤 그리 오래지 않아 사람들은 도시의 침묵을 알아차렸다. 도시에서의 삶은 이전보다 외롭고, 각박하고, 파편적이다. 한동안 그것들은 그저 견뎌 내어야 할 대상이었다. 하지만 곧 그러한 침묵으로부터 벗어나고자 하는 사람들이 생겨났고, 그들은 도시에서의 새로운 삶의 형식을 발명하고자 했다. 그들은 그 형식의 이름을 다시 '마을'이라 했다.

언제부터인가 도시 곳곳에서 말해지는 '마을'의 이름은 도시 한가운데서 전통적인 지역 공동체를 부활시키고자 하는 시도를 의미한다. '슈퍼 아저씨', '옆집 아줌마', '아래층 할머니' 등 한동안 익숙함의 루트에서 비껴 난 채 낯섦의 영역에 방치되어 있던 관계들을, 과거 시골 마을들이 그러했듯 '동네 사람'들과의 관계망을 다시 이어 내자는 의미다.

그리고 장성익의 『내 이름은 공동체입니다』는 그러한 일련의 시도들을 아주 잘 소개하고 있는 책이다.

> 요즘 많은 사람들은 새로운 사실을 깨닫고 있습니다. 자기 혼자 잘살아 보겠다고 안간힘을 쓰지만 그렇게 외딴섬처럼 살아서는 온전한 행복을 누릴 수 없다는 사실을 말입니다. 또 새로운 의문을 품는 사람도 늘고 있습니다. 열심히 일하고 바쁘게 살면서 앞만 보고 달려가는 길의 끝에는 무엇이 기다리고 있을까, (중략) 그렇게 해서 찾은 소중한 대안의 하나가 공동체입니다. 더불어 살고 함께 어울리는 삶. 서로 돕고 나누는 생활.(『내 이름은 공동체입니다』, 4~5쪽)

앞선 책들, 그러니까 『난장이가 쏘아올린 작은 공』이나 『원미동 사람들』을 통해 나는 아이들에게 도시의 탄생 과정과 오늘날 도시에서 맺게 되는 인간관계의 특징 따위를 설명하고자 했다. 낯익은 것은 한없이 낯익어지고 낯선 것은 영원히 낯설게 남는 도시의 인간관계. 타자를 만나는 경험은 극히 줄어들고, 그에 따라 자기 자신 안에 매몰되는 도시적 삶.『내 이름은 공동체입니다』를 고른 까닭은 어찌 보면 균형을 맞추기 위함이었다. 그와 같은 도시 공간 안에서도 새로운 방식의 인간관계를 만들어 나가고자 하는 노력은 계속되고 있음을 말해 주려던 것이었다.

2.

마을 공동체가 무엇인지 모르는 아이들에게 그에 대해 설명하려면 어떻게 해야 할까. 처음부터 경험한 적 없는 것에 대하여 설명하는 것은 이미 자기 곁에 있는 것을 낯설게 다시 보는 것과는 또 다른 문제이다. 아이들에게 도시는 후자이고, 마을은 전자에 가까울 것이다. 이 문제에 대하여『내 이름은 공동체입니다』는 가장 일반적이면서도 효과적인 방식을 택하고 있다.

> 요컨대 공동체란 결국 '생활을 비롯해 공통의 활동이나 일이 이루어지는 공간에서, 서로 관계를 맺고 상호작용하면서, 유대감을 공유하는 집단'을 뜻한다고 할 수 있습니다.
> (중략) 마을 공동체와 협동조합은 좀 전에 얘기한 공동체의 세 가지 차원을 대체로 갖추고 있을 뿐만 아니라 우리 주변에서 구체적으로 접하거나 들여다볼 수 있는 것들입니다. (중략) '공동체란 이러저러한 것이다'라는 딱딱한 이론적 설명에 집착하기보다는, 그런 논의를 바탕으

로는 하되 현실에서 실제로 움직이는 공동체를 살펴보는 것이 공동체 공부에 더 효과적인 셈입니다.(『내 이름은 공동체입니다』, 33~35쪽)

가장 기본적인 차원에서 공동체의 개념을 설명하고, 그 개념을 마을 공동체와 협동조합으로 좁힌 다음, 다양한 실제 사례들을 보여 주는 것으로 공동체란 무엇인가에 대한 감각을 익혀 나가도록 한다. 『내 이름은 공동체입니다』가 택하고 있는 방식은 내가 생각할 수 있는 최선의 방법이기도 했다.

책에 따르면 공동체를 정의함에 있어 가장 중요한 것은 사람들이 생활에서 맺고 교류하는 관계망이 어떤 범위에서 어떤 방식과 형태로 이루어지는가, 사람들의 일과 행위가 어떤 흐름 속에서 어떤 방향으로 일어나는가이다. 그러므로 마을 공동체란 반드시 행정구역 등으로 결정되거나 자연적으로 주어지는 것이 아니며 의식적으로 만들어 가는 것이다. 구성원들이 공동의 필요와 욕구에 따라 공동의 목적과 가치를 공유하면서 함께 구축해 나가는 것이다. 일차적인 토대는 공간이지만, 본질은 그 안의 관계와 관계 형성의 과정이다.

이것이 도시에서야말로 마을 공동체가 절실하게 필요한 이유이다. 도시의 시스템은 개인들이 홀로 제각기 사는 것을 편안하게 느끼게 하면서 익명성 속에 흩어진 개인들을 거느린 채 확장하고 팽창한다. 그 가운데 서로 관계를 맺으며 살아가는 사회적 인간은 사라져 가고 자연환경은 파괴된다. 이런 문제를 해결하는 주체는 결국 사람이어야 하며, 때문에 사람들 사이의 관계가 재정의되어야 한다. 이때 마을 공동체는 상호부조와 연대가 이루어지는 구체적 삶의 생활 공동체로서, 주민들의 풀뿌리 민주주의가 행해지는 다원화된 정치 공동체로서, 협동조합을 위시한 새로운 경제 질서와 문화가 꽃피는 경제 공동체로서 개인의 삶을 넘어 마을과 지역, 도시를 바꿔 낼 수 있는 힘이 된다는 것이다.

이를 통해 아이들은 어느 정도 마을 공동체의 의미를 이해한 듯 보였다. 실제로 아이들은 평소와 달리 '이해하기 힘든' 부분에 대한 질문은 거의 하지 않았다. 대신 아이들이 이 책에 대해 가져온 건 자기들이 재미있었던 부분, 그리고 공동체에 대한 자신들의 경험에 대한 것들이었다.

그리고 내가 미처 생각하지 못했던 것은 그에 대한 아이들의 경험과 언어가 생각보다 훨씬 풍부하다는 점이었다.

3.

"나는 유치원 대신 '부천 산 어린이집'이라는 어린이집을 다녔는데 그곳에서는 세시 절기에 맞는 전통놀이, 텃밭 가꾸는 법 등을 배운다. 매일매일 산으로 나들이도 갔다. 아이들은 선생님들을 별명으로 부르고 반말도 썼다. 하지만 선생님들은 그런 것들을 아무렇지도 않게 여겼다. 어린이집 담장에는 아이들이 그린 그림으로 가득하고 마당에는 닭장도 있다. 아이들은 아침에 와서 선생님들과 나들이도 가서 올챙이도 잡고 텃밭일도 하고 다시 돌아와서 점심 먹고 낮잠도 잔다. 그렇게 그냥 놀다가 오후에 학부모가 데리러 오면 집으로 가는 거다. 나는 그때 당시에는 내 또래의 모든 아이들이 모두 그렇게 생활하는 줄 알았다. 유치원이 있다는 것은 알았지만 산 어린이집과 다른 점이 없는 줄 알았는데 나는 되게 특이한 곳에서 지내고 있었다.

나는 공동체라고 하면 그냥 사람들이 모여 있는 것이라고 생각했는데 이 책을 읽고 공동체가 무엇인지 알게 되고, 지금까지 내가 공동체에서 살아 왔다는 것도 알게 되었다. 전에는 공동체에 별로 관심이 없어서 책이 재미없을 것 같았는데 내가 공동체 안에서 생활했었다는 것을 알게 되어서 더더욱 기억에 남는 책인 것 같다."(수인이의 『내 이름은 공동체입니다』 감상문 중에서)

이미 어렸을 때 마을 공동체 운동을 경험하면서 자란 아이들이 있었고 지금도 여전히 발도르프 학교나 여타 대안학교를 다니고 있는 아이들도 있었다. 그 아이들에게 이 책은 자신들이 경험했던 삶 혹은 경험하고 있는 삶의 연원과 의미를 설명해 주는 책이었다. 왜 자기가 그곳 — 학교, 어린이집, 마을 — 에서 생활하게 되었는지, 왜 그곳의 분위기는 유달랐는지, 왜 그런 곳이 존재했는지 말이다. 아이들은 도시인으로서의 자신들의 하루를 다시 읽어 냈듯

'마을'에 대한 경험 또한 다시 읽어 냈다. 그렇다면 마을 공동체 운동에 대한 직접적인 경험이 없는 아이들은 어땠을까?

"먼저 내가 속해 있는 공동체에 대해서 생각해 보았다. 첫번째로 나는 성남시립소년소녀합창단의 단원으로서 합창단이라는 공동체에 속하여 있다. 전에 찾아가는 연주회를 갔었는데 많은 분들이 연주를 보러 오셨었다. 노래를 부르던 중간에 관객들을 한번 쳐다보았는데 관객 중 한 분이 눈물을 흘리시는 모습을 보았다. (……) 이런 모습을 통해 거창한 것은 아니지만 내가 가지고 있는 것을 나눌 수 있어서 더 값진 것이라는 생각이 든다.

두번째로 학교가 있다. 한 학교에 한 학급의 학생으로서 공동체에 속해 있다. 학교에선 수업을 주요로 하긴 하지만 선생님과 친구들에게 공부 이외의 많은 것들을 배운다. 선생님들의 재밌는 이야기를 듣고 살면서 생기는 일들에는 어떻게 행동해야 하는지에 대해서도 조언을 얻는다. 학생인 내가 가장 많이 접하는 곳이어서 그런지 학교가 공동체일 거라는 생각은 해본 적이 없었다. 하지만 학교는 작은 사회공동체라 하는 것처럼 분명히 공동체가 맞다.

세번째로 엄마가 이용하는 생협이 있다. 엄마가 생협을 이용하는 이유는 인간은 자연의 일부로서 자연에 대한 예의, 인간에 대한 예의를 지키고 돈이 아니라 사람이 우선이 되어 더불어 행복해지는 곳이어서이다. 책에서는 '나는 너를 돕고 너는 다른 사람을 돕는다. 이것이 돌고 돌아 결국 나한테 도움이 된다'라는 구절에서 찾아볼 수 있다. 자연에게 얻은 만큼 보답해 주는 것. 자연을 살리는 것은 공동체를 살리는 일이라는 것이 자연과 공동체는 함께 이루어져야 한다는 뜻으로 느껴졌다. 생협을 이용하는 사람들이 함께 소통하고 음식을 나눠 먹는 모습을 보며 공동체라는 말이 생각났다.

평소엔 별로 신경 쓰지 않고 생소하기만 했던 공동체가 내 삶의 대부분을 차지한다는 것을 알게 되었다. 공동체라는 것은 그냥 공통의 가치와 유사한 정체성을 가진 사람들의 집단이 아니라 함께 나누고 배워 가는 행복한 집단이라고 생각한다. 함께 나누고 배운다는 것은 사람들과의 소통이 있다는 것이고 사람들과 함께 소통하는 것은 행복한 일이기 때문이다. 그러므로 이젠 내가 지금까지 얻은 것들을 나눠 주며 더불어 사는 행복한 세상을 만들 차례이다."(윤지의 『내 이름은 공동체입니다』 감상문 중에서)

반드시 마을 공동체란 이름을 내건 운동이 아니더라도 이미 나 자신이 발 디디고 있는 여러 집단들 속에도 공동체의 원리가 존재한다는 것. 그 안에서 어떤 의미를 발견하고, 어떻게 관계를 맺고 소통하느냐에 따라 당장 자기의 삶 안에서도 수많은 공동체를 맞닥뜨릴 수 있다는 것. 그렇게 그 아이들은 또 그 나름대로의 의의를 찾아낸 것이다.

그리하여 그날 수업은 결국 주로 그러한 각자의 경험을 나누는 자리가 되었다. 가까운 데서부터 감각을 찾기 시작하니 조금 멀리 떨어져 있는 예시들에도 좀더 쉽게 다가갈 수 있었다.

"나는 성미산 마을의 설명 중에서 서로 힘을 합쳐 무언가를 만들고 함께 토론하여 결정하면서 마을이 움직인다는 것이 신기했다. 성미산 마을의 설명을 보니 성미산 학교 학생들이 하는 활동이 우리 학교와 많이 비슷하다는 느낌이다. 우리 학교도 부모님들이 돈을 내고 그 돈으로 운영되고 학교를 지었으니 성미산 마을학교와 비슷하다고 할 수 있다. (……) 나는 성미산 마을 같은 공동체 마을을 내 주변에서는 만들 수 없다고 생각하며 이 책을 읽었는데 조금 더 생각해 보니 학교에서 조금만 더 넓히면 그렇게 되지 않을까 생각하게 되었다."(효준이의 『내 이름은 공동체입니다』 감상문 중에서)

서울의 성미산 공동체 같은 가까운 예시와 더불어 스페인의 몬드라곤 공동체 같은 해외의 예시들에 대해서도 조금은 익숙함을 느끼는 듯했다.* 게다가 '마을'로부터 거꾸로 올라가니 앞서 난해

---

* 성미산 공동체 : 1994년 공동육아 활동에서 시작된 서울 성산동의 마을 공동체.
   몬드라곤 공동체 : 스페인 바스크 지역에 위치한 세계 최대의 노동자 협동조합.

하게만 다가왔던『난장이가 쏘아올린 작은 공』이나 낯설었던『원미동 사람들』의 풍경들이 말하는 바와도 맥락이 닿았다. 도시의 탄생이 무엇을 무너뜨렸는지를. 그럼에도 무엇이 도시 안에 남아 있었는지를. 마을이란 이름은 무엇을 이끌어내려는 것인지를.

4.

열띠게 이어지는 아이들의 이야기를 들으며 나는 꽤나 흡족함을 느꼈다. 이 흐름대로 쭉 이어 가면 이 가을 시즌에 내가 설명하고자 했던 이야기들은 충분히 다 전할 수 있을 것 같았다. 더욱이 이번 시즌 준비한 책들은 거의 다 읽었지만 아직 한 가지 더 준비한 것이 남아 있었다. 문탁네트워크 주변, 그러니까 동천동 일대는 이미 수년 전부터 마을 공동체 운동이 아주 활발하게 진행되고 있는 지역이었고 그중 하나가 마을장터 '해도두리'였다. 나는 이번 시즌을 시작할 때부터 '해도두리'가 열리는 날과 후반부 수업 즈음의 일정을 맞춰 놓고 있었다. 겸사겸사 마을의 공방이며 가게들을 돌아다니는 코스도 함께. 그것까지 아이들이 직접 체험할 수 있도록 하면 확실하게 마을 공동체에 대한 감각을 알려 줄 수 있으리란 생각이 들었다.

아이들이 웬만큼 할 말을 다했다는 생각이 들었을 즈음 나는 수업을 마무리했다. 해도두리 마을장터를 통해, 도시의 탄생에서 시작한 이번 이야기가 마을에서 마칠 수 있기를 기대하면서.

그러므로 사람들은 다시 마을을 말한다 (2)

장성익, 『내 이름은 공동체입니다』, 풀빛, 2015

1.

그날따라 아침부터 부산했다. 무심코 평소 수업 시간대로 오는 아이들이 없도록 전화도 해야 했고, 미리 언질을 한 마을장터 운영진과도 재차 연락해 일정을 확인해야 했다. 안에서 수업하는 것에 비해 여러모로 손이 많이 가는 야외수업이었지만 그래도 마을과 같은 테마에 있어서는 한 번 직접 체험해 보는 게 열 번 글로 읽는 것보다 나을 것이라는 확신이 있었다. 다행히 다들 제시간에 도착했고 날씨도 맑았다. 우리는 예정대로 시간에 맞춰 마을장터가 열리는 마을 하천가로 출발했다.

야외수업이라고는 해도 막상 시작하고 나니 딱히 내가 할 일이 많지는 않았다. 아이들에게 자유롭게 마을장터를 둘러보게 한 다음에는 마을 공동체에서 주관하는 마을투어 프로그램에 참가시키는 게 전부였다. 나는 현장학습에 따라온 학부모처럼 그런 아이들 뒤를 따라다니기만 하면 되었다. 삼삼오오 모여 걷다 보니 어느새 장터에 도착했고, 나는 아이들에게 투어 시간까지 자유롭게 장터를 둘러보게 한 다음 슬쩍 뒤로 빠져 섰다. 녀석들은 처음에는 잠시 쭈뼛거렸지만, 곧 자연스레 장터 여기저기로 흩어졌다.

녀석들은 시간에 맞춰 다시 모여 (저마다 손에는 군것질거리나 작은 소품들을 들고 있었다) 투어 프로그램에 따라 마을의 공방들을 찾아 나섰다. 퀼트 공방에서는 직접 퀼트를 해볼 수도 있었고, 생화를 사용하는 공방이나 여타 다른 공방들에서도 활동에 대한 친절한 안내를 받았다. 그렇게 아무 문제도 없이, 모든 프로그램을 무사히 소화하고 돌아와 그날 수업을 마쳤다.

아이들이 돌아간 뒤에, 나는 잠시 자리에 앉아 과연 오늘 체험을 통해 마을이란 무엇인가를 느낄 수 있었을까에 대하여 생각했다.

나는 아무래도 아닐 것 같다는 생각을 했다.

사실 아이들의 경우에는 당연한 일일 수도 있다. 책 몇 권 읽고 마을장터 한 번 가고 공방 몇 곳 둘러본 것만으로 마을에 대한 감각을 가질 수 있다면 그것이 더 놀라운 일일 것이다. 문제는 나였다. 나는 어찌저찌 이 동네에서 10년을 넘게 살면서 그동안 마을 공동체 행사도 꽤 가 본 편이었고 마을 공동체에서 일하는 사람들도 나름대로 알고 있었다. 실제로 이번 마을장터에서도 상점을 낸 고교 동창과 그 부모님을 만나 인사도 주고받았다. 그만큼 '마을이 무엇인가'에 대한 감각을 어느 정도 갖고 있다고 자부했기에 가을의 커리큘럼을 마을이란 주제로 잡을 수 있었다. 그런데 그 화룡점정이 되어 줄 거라고 생각했던 마을장터 방문에서 나는 되레 위화감만을 안고 돌아왔다.

이날 내가 제일 많이 했던 생각은 "오늘 우리가 뭘 하려고 했더라?" 하는 것이었다. 시간이 될 때까지 둘러보며 물건을 사는 아이들, 코스를 따라 공방을 돌며 체험활동이나 안내를 받는 아이들, 그리고 그런 아이들을 따라가는 나. 그 구도는 어떻게 보아도 관광 여행을 온 여행객들이나 현장학습을 온 아이들의 그것이었다. 물론 거듭 말하지만 아이들은 그럴 수 있다. 하지만 나는 왜 그렇게 느꼈을까. 왜 스스로를 관광객처럼, 마을장터와 공방을——마을 공동체의 현장들을 관광지처럼 느꼈을까.

어째서 내게 '마을'은 '외부'로 느껴졌을까.

2.

마을 만들기라 하는 작업은 하루아침에 새로운 일상으로 시작되는 것이 아니라 대개 도시적 일상의 틈새에서 시작된다. 도시의 수많은 사람들 중 새로운 관계와 공간의 필요성을 느끼는 사람들이 생겨나고, 그 사람들이 각자의 일상을 쪼개어 마을을 향한 첫걸음을 내딛는다. 그들은 어디까지나 삶의 기반을 여전히 도시에 두고 '마을'을 향한 변화를 시도하는 것이며, 한 사람 한 사람 뜯어 보면 '마을'에 대한 생각도 저마다 천차만별이다. 마을을 원하는 까닭, 그리는 마을의 상, 투자할 수 있는 시간과 노력의 수준…. 오직 도시적 개인의 삶을 넘어 보고자 하는 최소한의 공감대만이 그들을 연결해 주는 유일한 것이다. 이처럼 제한된 조건들 속에서 행해진다는 점에서 마을 만들기는 바라보는 이상보다 딛고 있는 현실을 실감하게 만든다.

당연히 동천동 마을 공동체도 그런 조건들로부터 자유롭지는 못하다. 동천동에는 수많은 사람들이 살고 있고 '마을'에 대해 생각하는 바는 그들 모두가 다르다. 우리가 방문했던 마을장터의 풍경만 떠올려도 그렇다. 장터에 직접 가게를 내어 물건을 팔고 있는 사람들이 있고 나처럼 그런 광경이 익숙한 사람들이 있는가 하면 흘깃거리면서 무심히 옆을 지나가는 사람도 있다. 누군가에게 마을장터는 마을을 만들기 위한 네트워킹의 일환이지만 또 누군가에게는 그저 한 달에 한 번 하는 이벤트일 뿐이다. 아직 동천동에 사는 '대부분'의 사람들에게 그들이 동천동 주민이라는 사실은 단지 그들의 주소지가 그 지역에 있음을 의미할 뿐이다. 따라서 '동천동 마을'이란 이름은 동천동의 모든 사람들이 소속된 마을 공동체를 일컫는 말이 아니다(그런 것은 적어도 이 시점에는 존재하지 않는다). 동천동 마을이라는 것은 차라리 동천동이란 지역에 새로운 형식의 공동체를 만들고자 하는 그 '노력', '시도'의 이름이라 하는 편이 옳다.

물론 그 노력과 시도조차도 단일하고 일관된 흐름은 아니다. 동천동에는 '마을'을 자처하는 수많은 공간과 집단들이 있다. 아이들과 함께 방문했던 공방들 외에도 지역인문학공동체인 문탁네트워크, 혹은 생활협동조합이나 동네의 작은 도서관들이 있으며, 대안학교, 성당, 교회도 있다. 그들 집단 모두 기본적으로는 저마다 다른 목적을 가지고 다른 종류의 활동을 하여 일상을 영위한다. 더욱이 각 집단의 내부에서도 구성원들의 욕망과 의지, 조건은 제각각일 수밖에 없다. 집단의 구성원들 모두 때로는 다투고 때로는 힘을 합친다. 때로는 관계가 끝나 사라지고, 때로는 관계를 맺고 새로이 시작한다. 그리고 그 속에서 사람들은 우연한 마주침을 반복하며 아주 천천히 저마다의 마을을 발견한다. "동네 사람들과 같이 일한다는 것은 이런 것이구나." "마을 활동이라는 건 이런 것들이 필요하구나." "마을 공동체란 건 이런 조직이어야 하는구나."

이런 점에서 도시의 '마을 만들기'는 과거 농촌 공동체로서의 마을로의 회귀를 의미하지 않는다. 그것은 도시적 삶이라는 조건에서 도시의 다양성이라는 역능을 가지고 새로운 관계와 삶을 지향하는 움직임이다. 수십, 수백, 수천 개의 상이한 '마을'들이 끊임없이 생성과 충돌을 반복하며 함께 살아가는 관계를 구성해 가는 과정, 얼핏 보기에는 느슨하기 짝이 없지만 그렇기에 생명력을 가지고 맥동하는 그 과정이야말로 오늘날 도시에서 논해지는 '마을'인 것이다.

내가 '동천동 마을'을 새삼 외부로 느낀 까닭도 여기에 있지 않을까? 동천동에 살고 있다는 것만으로는, 그들 활동이 낯설지 않다는 것만으로는 턱없이 부족하다. 마을을 만들기 위해 이어져 온 그 시도와 과정의 맥락 속에 나 자신이 들어 있을 때에야, 비로소 그것을 나의 내부로 느낄 수 있는 것이리라.

3.

그렇다면 이러한 '마을'을 만들기 위해 가장 필요한 것은 무엇일까.

최근에는 정부와 지자체들도 도시에서의 '마을 만들기'에 적극적으로 나서고 있는데, 이때 그들이 집중하는 것은 그 지역만의 무언가를 발굴해 내는 작업이다. 대개 마을의 향토사나 옛 풍습, 마을 출신의 인물이나 주요 산업 등에 관한 것인데 때로는 발굴해 낸 것을 토대로 문화사업을 유치하여 새로이 만들어 내기도 한다. 그들이 이러한 작업에 집중하는 까닭은 크게 두 가지 정도인데, 흩어진 도시적 개인으로 살아가고 있는 주민들에게 새로운 지역적 정체성과 소속감을 심어 한 집단으로 묶어 내려는 목적이 하나고 새로운 '컨텐츠'를 창출하여 관광산업적 측면에서 지역 경제에도 이

바지할 수 있으리란 기대가 두번째이다.

물론 주민들을 하나로 묶어 내는 것은 좀더 많은 이들이 마을을 만들어 가는 과정에 참여하게 만들 수 있다는 점에서 매우 중요한 활동이다. 그러나 다시 말하면 이러한 작업은 '마을 만들기'의 밑작업 단계일 뿐이라는 뜻이기도 하다. 마을을 만들어 나가는 데 정말로 핵심적인 것은 바로 그러한 활동들을 주체적으로 진행하면서, 점차 그 활동들이 나의 일상의 영역에 침투하면서 맞닥뜨리게 되는 일상적 경험들에 있다. 그런 점에서 가을 시즌이 끝나 갈 무렵 희진이가 공동체에 대해 써 낸 글은 내게 많은 것을 생각하게 했다.

『내 이름은 공동체입니다』에서 다룬 공동체의 문제점 중 하나는 갈등이다. 공동체 생활은 만능 해결사가 아니다. 모든 이들이 공동체 생활에 만족할 수는 없고, 갈등은 크고 작게 존재한다. 몇몇 공동체는 이를 극복하지 못해 흐지부지되거나 깨지기도 한다. 하지만 갈등이 무조건 안 좋은 것일까? 공동체는 수많은 사람들이 함께 살아가는 곳이다. 모두의 타협점을 찾는 과정 속에서의 불협화음은 생길 수밖에 없다. 이것이 바로 갈등이다.

예전에 학교에서 전교 회의가 있었다. 불꽃 튀기는 토론을 기대하고 나갔건만, 모두가 말을 하지 않고 눈치만 보고 있었다. 형식적인 회의였다. 조금이라도 새로운 의견이 나오면 선생님이 다 쳐 내셨기 때문이다. 다들 받아들여지지 않을 의견을 말하지 않았다. 그 체념한 분위기가 평화로움으로 감싸지는 것에 놀랐다. 차라리 힘들더라도 내 의견으로 공동체의 방향을 바꿀 수 있었으면 좋겠다고 생각했다. 학교에서의 대부분의 일은 선생님이 결정하신 후 학생에게 통보하신다. 나는 선생님의 의견에 따르기만 할 뿐, 내 의견을 학교 운영에 반영시키지 못한다. 이렇듯 선생님과 나 사이에서 타협점을 찾을 필요가 없기에 우리 사이에서는 갈등이 생기지 않는다.

우리 가족끼리는 갈등이 잦다. 이번 여름, 여행을 가서도 의견이 안 맞아 고생했다. 낯선 곳에서의 불편함과 긴 시간 동안 계속 함께 있어야 하니 집에서는 넘어갔던 것이 더 이상 참을 수 없었기 때문이다. 여행을 가서 아빠는 우리가 아빠의 의견에 무조건 따라야 한다고 생각했다. 아빠가 추천한 길은 빙 돌아서 가는 길이고, 언니가 추천한 길은 지름길인데도 우리는 아빠의 길로 가야 했다. 화를 내면서 먼저 가 버린 것도 있고, 따라 주지 않으면 삐져서 말도 하지 않았기 때문이다. 그 외에도 모든 일의 결정은 아빠가 주도했다.

각자 여행을 즐기는 방식이 다른데, 모두가 한 사람에게 맞춰야 한다는 것이 싫었다. 즐거워야 하는 여행이라는 강박에 속으로만 삭이다가, 결국에는 여행 중간에 터져 버렸다. 우리는 여행 중간에 모여서 각자의 의견을 말했고, 문제는 해결되었다. 완전하게 해결된 것은 아니지만, 그래도 서로 의식하며 맞춰 주려고 한 것이다.

서로 타협점을 찾기까지는 서로 기분이 나빠지기도 했다. 아버지는 자기 뜻대로 따라 주지 않아 섭섭해하셨고, 언니들은 답답해했으며, 나는 힘들었다. 그래도 지금 생각해 보면, 그때 문제를 확실하게 짚고 넘어간 것이 참 다행이라는 생각이 든다. 갈등이 생긴다는 것에 대한 두려움이 줄어들었고, 그 해결의 필요성을 알게 되었기 때문이다. 계속 따르기만 했다면 결국 갈등은 일어나지 않았을 것이다. 하지만 그렇게 갈등을 피하고자 따르기만 한다면 문제를 해결할 수 없다. 우리는 계속해서 답답함과 불편함을 느껴야 한다. 갈등은 공동체의 문제 해결에 큰 역할을 한다. 따라서 공동체 속의 갈등은 필요하다. 그것이 있음으로 우리는 서로의 의견을 알고 타협점을 찾을 수 있다. 또한, 우리가 공동체에 참여하고 있다는 것을 알 수 있다.(희진이의 『내 이름은 공동체입니다』 감상문 중에서)

만일 우리가 마을 공동체를 아름다운 성과로 쇼윈도 안에 남겨 놓으려는 것이 아니라고 한다면. 그것으로 우리의 도시적 인간관계를——수많은 낯선 이들은 영원히 낯선 이들로 남고 극히 일부의 익숙한 이들은 영원히 익숙한 관계로 그대로 남는 영속적인 고립의 관계를——바꾸려고 하는 것이라고 한다면. 그것은 우리가 '사적인 관계'——대개는 가족이나 친구 사이에서만 나누던 것들을 동네 이웃들과도 나누게 된다는 사실을 의미한다.

내가 아이들과 수업을 하는 공간이기도 한 동천동 인문학공동체 '문탁네트워크'의 동네 카페 '파지사유'에 앉아 있으면 꽤 자주 '청소'나 '식사 준비'에 대한 '토론'을 들을 수 있다. 마을 공간이라는 것은 마을 사람들이 함께 활동하는 공간이다. 그런데 당연히 그들 누군가는 그 공간을 청소해야 할 것이고, 관리비를 신경써야 할 것이며, 경우에 따라서는 식사를 준비해야 할 수도 있다. 보통 이러한 문제들은 집안, 가족들 사이에서나 생각하게 되는 '사적인' 문제고 그 해결도 '사적'으로 이루어진다. 부모가 자식들에게 명령하거나, 남편이나 아내가 조용히 알아서 한다. 하지만 배우자 혹은 자식 사이가 아닌, 마을 이웃끼리 이런 '사적인' 문제를 논의하게 될 때는 어떨까. 이웃끼리 누가 청소를 할지에 대해, 누가 밥을 할지에 대해 명령하거나 알아서 하는 것은 너무나 어색하다. 여기서부터 새로운 국면이 발생한다——토론이든, 회의든, 몇 사람 간의 의견 조율이든, 그도 아니면 그대로 방치되어 문제가 터지든, 지극히 일상적인 것이 새로운 갈등으로 경험되며, 그 일련의 과정 전체를 몸으로 익혀 나갈 것을 요구한다.

그러한 경험들은 오랜 시간 고정되어 있던 일상 전체에 변화를 가져올 가능성을 내포한다. 집에서만 이야기하던 것들을 마을 사람들과 이야기하고, 마을 사람들과 이야기하던 것들을 집으로 가져온다. 집에서 하던 방식대로 밖에서 하다가 갈등을 빚기도 하고 밖에서 하던 방식을 집으로 가져와 골칫거리가 되기도 하는 것이다. 이런 점에서 마을 공동체의 탄생이 의미하는 '새로운 인간관계'는 또 하나 낯선 외부 영역의 탄생을 의미하는 게 아니다. 그것은 치열한 관계 맺기의 과정 속에서 항상 익숙했던 사적 영역과 항상 낯설었던 공적 영역이 함께 확장되어 서로의 영역을 침식, 종국에는 그 경계를 흐트러뜨리게 됨을 의미한다. 그런 면에서 '마을'은 새로이 감각되는 것이자, 나 자신의 감각을 변화시키는 과정이 아닐까. 내가 아이들과 했어야 했던 것도 마을장터를 구경하고 투어를 하는 것보다 함께 공간을 청소하고 간식 준비를 위해 머리를 맞대는 그런 일이 아니었을까.

가을의 수업이 끝나 갈 무렵 나는 뒤늦게 그러한 생각에 잠기게 되었다.

4

겨울에 읽은 세상 이야기

아트 슈피겔만, 『쥐』

1940년, 폴란드 남쪽의 기억

아트 슈피겔만, 『쥐』, 권희종·권희섭 옮김, 아름드리미디어, 2014

1.

계절이 바뀌어 겨울이 되었고 수업도 그 해의 마지막 시즌을 시작하게 되었다. 주제는 이미 정해져 있었다. 세상.

봄에는 '학교'였다. 여름에는 '집'이었다. 가을에는 '마을'을 하고, 겨울에는 '세상'. 처음부터 그렇게 네 가지 주제를 정하고 그 해의 수업을 시작했다. 아이들에게 가장 익숙한 공간, 익숙한 관계에서부터 시작하기로 했다. 깨어 있는 동안 가장 많은 시간을 보내는 곳이 '학교'라고 생각했기에 집보다도 학교를 먼저 놓았다. 턱없이 익숙하다 여길 테지만 실은 한없이 낯설 '집'이 두번째였다. 늘 거닐면서도 지각 밖에 있을 '마을'은 그다음이었다. '세상'은 마지막이었다.

앞의 주제들을 다룰 때에도 마찬가지였지만 이 시즌을 시작할 때에도 나는 어떤 두려움을 품고 있었다. 아이들이 자신에게서 가장 멀게 느낄 이야기일 것이라는 두려움이었다. 우리조차도 자신의 이야기로 느끼기 힘들 테마들—역사와 정치, 이것들은 매일같이 드나드는 학교나 집 이야기와도 다르고 단지 지각하지 못하고 있을 뿐 그리 멀지는 않은 마을과도 다르다. 세상이라 하는 것은 한번 낯설게 느끼기 시작하면 끝없이 낯설어질 수 있다. 타인의 이야기인 것이다. "그런데 그건 그쪽 사정이죠"라는 의미로, 혹은 "그렇군요. 뭐 당신이 그렇다면야…"란 의미로, 그리고 어쩌면 또 달라질 수도 있는 의미로.

나의 두려움은 아이들이 그러한 반응을 보이면 어쩌나 하는 것이었다. 녀석들이 아무것도 이해할 수 없다는 눈빛으로 '그래서요?' 하고 되물으면 어쩌지? 혹은 '뭐, 그렇다면야' 하고 아무것도 묻지 않는다면 어쩌지? 나름대로 차곡차곡 단계를 밟아 올 수 있게 했다고 믿었지만 그럼에도 이 모든 것이 여전히 녀석들에게 낯설기만 하다면 어떻게 해야 하나.

겨울의 첫번째 책으로 만화책인 『쥐』를 고른 데에는, 그러한 까닭도 조금은 더해져 있었다.

2.

내가 중학생일 때에는 학교 도서실이나 공공 도서관이 지금보다 훨씬 만화책에 관대하지 못했다. 『원피스』나 『드래곤볼』 같은 만화책은 물론이고 학습만화조차도 흔치 않았다. 사실 학습만화 붐이 아직 일지 않았을 때이기도 하고, 만화책을 보려면 대여점엘 가지 도서관으로 가진 않는 때이기도 했다. 아무튼 하고 싶은 말이 무언가 하면, 그런 시절이었음에도 불구하고 보통 꼭 두 종류 정도의 만화책은 도서실이든 도서관이든 꼭 들어가 있었다는 것이다. 하나는 나카자와 게이지(中沢啓治)의 『맨발의 겐』이었고 다른 하나가 아트 슈피겔만(Art Spiegelman)의 『쥐』였다. 앞의 것은 패전 후의 일본을, 뒤의 것은 아우슈비츠의 홀로코스트를 다룬다. 공교롭게도 양쪽 다 2차 세계대전의 상흔을 되새기고 있다. 정확히는 후벼 파고 있다(아트 슈피겔만은 『맨발의 겐』 영문판에 추천사를 썼다).

나는 아버지가 직장 서점에서 『쥐』를 처음 사다 주었을 때의 기억을 되새기면서 아이들을 둘러봤다. 우선 늘 하던 질문부터 시작했다.

"물론 책은 다 읽어 왔지?"

과연, 녀석들의 눈빛에 평소보다 자신감이 넘쳤다. 역시 책을 읽는 수업에서 만화책의 힘이란 아무리 시간이 지나도 변치 않는다. 나는 좀더 기대하며 물었다.

"그래서, 어땠니?"

"잔인했어요."

"끔찍했어요."

다양한 장면들이 차례차례 나왔다. 하루아침에 폴란드에 들이닥친 독일인들, 그들의 추적에서 벗어나기 위해 필사적으로 은신처를 만들고 숨어드는 유태인들, 그럼에도 피할 수 없었던 아우슈비츠행, 처참한 수용소의 나날들과 마지막까지도 방심할 수 없었던 최후의 도주···. 나는 열띠게 인상적인 장면들을 짚어 내는 녀석들을 어렵잖게 이해할 수 있었다. 『쥐』는 유태인은 쥐, 독일인은 고양이, 폴란드인은 돼지 등 등장인물을 의인화된 동물로 그려 내지만 그럼에도 극도로 세밀한 디테일들이 그 모든 이야기들을 너무나 생생하게 만든다. 이 책은 작가 아트 슈피겔만이 아우슈비츠 생존자인 아버지 블라덱 슈피겔만을 인터뷰하여 만든 것인데 그에 힘입어 보통은 그냥 넘어가는 작은 부분들까지 놓치지 않고 치밀하게 묘사해 놓았다. 홀로코스트를 다룬 책들은 많지만 자기가 만든 은신처의 구조나 수용소 음식들의 구성, 아우슈비츠에서 살기 위해 만들었던 연줄들까지 묘사하는 책은 흔치 않다.

바로 그 디테일 덕분에 아이들은 쉽게 책에 몰입할 수 있었던 듯했다. 다들 주인공 블라덱이 겪어야 했던 고통과 그가 맞닥뜨렸던 참상에 대해 한껏 빠져들어 이야기를 했다.

한참 이야기가 이어지다가, 문득 누군가가 손을 들고 말했다.

"그, 차 태워 주는 장면이요."

"차 태워 주는 장면?"

"흑인이 차 태워 달라고 하는 장면…."

나는 고개를 끄덕였다. 내가 처음 『쥐』를 읽었을 때도 깊은 인상을 받았던 부분이기 때문이다. 작가가 아버지 블라덱을 인터뷰할 때 있었던 일을 그린 장면인데, 작가가 아버지와 함께 차를 타고 가다가 히치하이킹을 하던 흑인 한 사람을 태우게 된다. 아버지는 흑인들은 모두 도둑놈이라며 내내 폴란드어로 (흑인이 알아들을 수 없게) 불만을 늘어놓는다. 흑인을 목적지에 내려 준 후 동승하고 있던 작가의 아내는 분노를 터뜨린다. "아니, 어떻게 홀로코스트를 겪은 아버님이 인종차별을 할 수 있어요?" 아버지는 받아친다. "검둥이는 유태인과는 비교도 할 수 없다!"

질문을 한 아이는 작가의 아내와 똑같은 물음을 되풀이했다.

"왜 그랬을까요…? 자기도 그런 일을 겪었으면서…."

왜 그랬을까.

열띠게 이야기를 하던 다른 아이들도 말문이 막힌 듯 서로의 눈치를 살폈다. 나는 몇 가지 대답들을 떠올렸지만 입 밖으로 꺼내지는 않았다. 다만 잠자코 기다렸다.

역사상 가장 유명하고 손꼽히게 참혹한 인종 학살에서 살아남은 사람이, 어떻게 인종차별을 할 수 있는 것일까. 한동안 침묵이 이어졌고 대답은 쉽사리 나오지 않았다. 다들 말하고 싶지 않아서가 아니라 정말로 대답을 찾는 게 쉽지 않은 듯했다.

그때, 또 다른 녀석이 침묵을 깼다.

"저는 '카포'의 모습이 인상 깊었어요."

카포는 아우슈비츠 수용소의 중간관리자들 ──『쥐』에서는 주로 폴란드인들로 등장한다 ──이다. 수용소의 죄수이기는 하나 유태인은 아니기에 간수 노릇을 하는 자들.

녀석의 말이 이어졌다.

"나치는 그렇다 치고 카포들은 어떻게 그럴 수가 있죠? 그렇게 엄청나게 사람들이 죽는데, 중간에서 아무렇지도 않게 유태인들을 감시하고 때리고… 아무것도 잘못되었다고 느끼지 않는 것처럼… 또 그때 독일 사람들은 뭘 했어요…? 독일 사람들 중 아무도 이런 일을 문제라고 느끼지 않은 거예요? 그냥 자기네 정부가 하는 대로 따라가기만 한 거예요?"

어떻게 그럴 수 있었을까.

나는 이번에도 몇 가지 대답들을 떠올렸지만 잠자코 있었다. 아이들은 다시 침묵에 빠져들었다. 자기 생각에 잠긴 녀석도 있고 눈치를 보는 녀석도 있었다. 이번에도 대답을 떠올리기 쉽지 않은 문제였기 때문일 것이다. 하지만 상관없었다. 그러한 질문들에 대답하는 것 또한 분명히 중요한 일이지만, 지금 당장은 그보다 중요한 것이 있었으니까.

바로, 『쥐』와 같은 텍스트를 읽고 녀석들이 던진 것과 같은 질문을 던지는 것.

그런 질문들을 던질 수 있다는 것 자체가, 중요했다.

3.

『쥐』는 분명한 역사 텍스트다. 다만 전지적 관점에서 바라보는 역사가 아니라, 단 한 사람의 입장에서 바라보는 역사이다. 아득히 멀리 있는 것처럼 느껴질 수 있는 거대한 역사적 사건을 한 사람 개인의 기억으로 읽어 내고자 하는 텍스트이다.

이러한 텍스트를 읽을 때 우리는 역사책을 볼 때보다 훨씬 더 가깝게 한 사건을, 한 시대를 체감할 수 있다. 사건에 맞닥뜨린 주인공의 감정과 생각을 따라가다 보면 적어도 그 역사적 사건의 일부는 이해할 수 있게 된다. 동시에 우리가 역사라 부르는 것이 개인들과 유리되어 있는 것이 아님을, 그 개인들과 연결되어 분명한 영향을 미치고 있음을 알게 된다. 그것만으로도 이러한 텍스트들을 읽는 의의는 분명히 존재한다.

그러나 그 개인의 시선에 마냥 파묻혀서는 안 된다.

"왜 그랬을까요…? 자기도 그런 일을 겪었으면서…."

한참 동안 블라덱 슈피겔만의 이야기를 따라 들어가던 우리는, 작가 아트 슈피겔만이 아버지와의 인터뷰를 묘사하는 장면들에서 순간순간 멈칫거린다. 작가는 아버지 자신의 이야기와는 별개로 작가의 눈에 비치는 아버지의 모습 또한 여과 없이 그려 낸다. 아우슈비츠의 기억은 블라덱 슈피겔만에게 지울 수 없는 흉터를 남겼다. 수용소에서의 물질적 곤궁은 블라덱으로 하여금 하잘것없는 물건 하나, 동전 한 푼에도 병적으로 집착하게 했고, 몇 번이고 당했던 배신은 그로 하여금 주변의 모든 이들을 의심하게 만들었다. 평온의 시대에도 언제나 위험을 대비해야 살아남을 수 있다는 그의 신념 속에서 자신이 홀로코스트를 겪었다는 사실과 '검둥이의 도둑질'을 의심해야 한다는 사실은 충돌하지 않는다. 스스로의 경험을 통해 얻은, 지극히 당연한 삶의 교훈이자 방식인 것이다.

그러나 그를 바라보는 우리는 그렇지 않다. 그 순간 우리는 블라덱의 이야기 궤도에서 한 발짝 물러선다. 그가 되어 그의 눈을 통해 1940년 폴란드 남부에서 일어난 그 참상을 응시하다가, 한 발짝 물러나 그의 뒤통수를 보기 시작한다. 그리고 묻는다.

그는 왜 그랬을까? 왜 그렇게 됐을까? 그 기억들은 어떻게 그를 바꾸어 놓은 것일까? 그 기억이란 그에게 대체 무얼까?

그건 ―아우슈비츠는 그들에게 대체 무엇이었을까?

우리에게는 무엇인가?

그 위로 또 다른 질문이 던져진다.

"나치는 그렇다 치고 카포들은 어떻게 그럴 수가 있죠?"

이 질문을 던진 아이가 스스로 깨닫고 있었는지는 모르겠지만, 그 애에게는 이 질문을 던져야 할 이유가 있었다. 그 아이는 이전에 학교에서 벌어지는 부당한 사건들을 목도한 경험이 있었고, 봄 시즌 '학교'부터 꾸준히 그 경험에 대한 이야기를 해왔다. 그 아이가 '카포'와 '독일 사람들'에 대해 물었을 때 사실 그것은 그때 부당한 사건들에 대하여 무심히 지나쳤던 '선생님들'과 '친구, 선배들'에 대하여 물은 것이기도 했다.

어떻게 그럴 수가 있죠?

그 순간 그 녀석은 이미 '나에게 아우슈비츠는 무엇인가'를 묻고 있었다.

4.

이날 수업이 끝날 무렵 나는 아이들에게 홀로코스트와 아우슈비츠를 다룬 몇 가지 텍스트들을 더 전해 주었다. 『쉰들러리스트』, 『피아니스트』, 『비밀일기』, 『예루살렘의 아이히만』(매우 어려운 책이기에 이것만은 직접 읽지 말고 네이버에서 찾아보라고만 했다) 등등. 그리고 마지막 하나는 유태계 이탈리아 작가 프리모-레비의 『이

것이 인간인가』였다.

"이것이 인간인가"라는 질문은, 우리 모두의 질문이다. 또한 우리 모두가 던져야 할 질문, 우리 모두에 대한 질문이기도 하다. 역사와 정치, 아득히 멀어 보이는 이야기들이 학교, 집, 마을과 마찬가지로 나와 맞닿아 있음을 말하기 위해서는 바로 이런 질문들이 던져져야 한다.

그것을 되새기면서 나는 다음 수업을 준비하기로 했다.

1980년, 광주의 기억

한강, 『소년이 온다』, 창비, 2014

1.

돌이켜보면 그때 나는 녀석들에게 무언가 대단한 걸 기대한 건 아니었다. 단지 한 사람의 시선에서 역사의 기억을 바라보고 그에게 이입할 수 있기를 바랐다. 지금 우리와 우리를 지나쳐 가는 하루하루 역시도 그 사람의 하루와 다르지 않음을 알아주길 바랐다. 나아가 자신의 질문으로까지 연결시킬 수 있다면 더할 나위 없겠으나,

아직 그러지 못하더라도 큰 상관은 없다 생각했다. 내 바람과 기대는 딱 그 정도였던 것이다. 녀석들과 『쥐』를 읽기로 결정했을 때에도, 『소년이 온다』를 읽기로 결정했을 때에도.

하지만 녀석들은 내가 생각했던 것보다 더 적극적으로 텍스트와 자신을 연결시켰고 좀더 구체적으로 질문을 던지기 시작했다. 어쩌면 앞서 읽은 책들을 통해 인지했을지도 모를 자기 삶의 문제들을 타인의 기억 속에서 묻기 시작했다. 녀석들이 아우슈비츠의 '무엇'에 대하여 묻느냐 하는 것에 이미 녀석들 각자의 삶의 맥락이 스며들어 있다. 녀석들은 그렇게 블라덱 슈피겔만의 아우슈비츠를 각자의 아우슈비츠로 끌어들였다.

그 질문들이 다시 80년의 광주로 옮아 가는 걸 보며 나는 생각했다.

자, 그럼 나는 무엇을 할 수 있는가.

"왜, 국군한테… 나라한테 죽은 사람들 관을 태극기로 덮었을까요?"
"어떻게, 나라가 자기 국민들을 죽여요…?"
"이제 나라가 뭔지 잘 모르겠어요…."

녀석들이 던지는 모든 질문들에 답을 적어 주는 것은 너무나 멋없는 일일뿐더러 녀석들 몫을 가로채는 일이 될 것이다. 스리슬쩍 정해진 답으로 유도하는 것도 마찬가지다. 그렇다고 입 다물고 있을 수만도 없다. 광주의 기억을 수많은 화자들의 입으로 풀어 내는 한강의 문장들은 아우슈비츠의 그것보다도 더욱 친숙하고 빠르게 녀석들에게 가닿아 그만큼 더 절절하고 강렬한 감흥을 불러일으킨다. 광주는 폴란드 남부보다 훨씬 거리적으로 우리에게 가깝고, 1980년은 1940년보다 훨씬 시간적으로 지금에 가깝고, 광주에서 들려오는 이름들과 어렴풋이 상상되는 얼굴들은 쥐나 고양이의 얼굴보다 훨씬 더 익숙하다. 시신들을 태우는 냄새와 밤새 도청 쪽을 찢어발기던 총소리, 살아남은 이들의 침묵의 무게가 녀석들을 잡아끈다. 기대에 찬 녀석들의 눈빛과 스스로의 목소리가 한데 섞여 녀석들 질문에 쉬이 대답하지 못하는 나의 준비 부족을 힐난한다.

무엇을 할 것인가?

광주를 앞에 두고, 무엇을 할 것인가?

부끄럽게도 그때 나는 답이라 할 만한 것을 찾지 못했다. 하지만 지금은 내가 할 수 있는 것을 알고 있다.

정답이라고는 단정할 수 없겠지만, 만일 그때로 돌아간다면 나는 녀석들에게 나의 이야기를 할 것이다. 녀석들이 각자의 아우슈비츠, 각자의 광주를 마주한 것처럼, 내가 마주한 광주는 무엇인가를, 그것을 녀석들과 함께 나누어 볼 것이다.

2.

1980년 5월. 독재정권에 대한 국민들의 반발이 고조되고, 군부는 신속하게 그를 제압하여 일종의 본보기를 만들어야 할 필요성을 느낀다. 마침 그들 앞에는 한 도시가 놓여 있었다. 야당의 거물인 김대중의 지지 기반이자, 서울의 저항이 한풀 꺾인 가운데서도 변함없이 저항의 불길이 치솟는 도시. 군부는 광주를 봉쇄하고 저항하는 시민들을 무차별적으로 진압하기 시작한다. 고립된 시민들은 마지막까지 저항하지만 결국 적막 속에 파묻힌다. 얄팍하기 그지없는, 머지않아 벗겨지고 말 적막 속에.

『소년이 온다』는 바로 그 시절 광주에 대한 이야기이다. 80년 5월의 광주에서 있었던 일들과 그 일들이 남긴 것들을 재구성하여 다양한 화자들이 등장하는 옴니버스 형식의 소설로 엮었다. 거기에는 평범했던 학생의 목소리가 있고, 사자(死者)의 목소리가 있고, 한 어머니의 목소리가 있다. 목소리들이 산산이 흩어져 있다.

얼마 전 나는 또 다른 수업에서 『소년이 온다』를 읽었다. 이번에는 중학생들이 아닌 십대 후반부터 이십대 초반의 청년들과 함께였다. 『소년이 온다』만 읽은 것은 아니고, 『죽음을 넘어 시대의 어둠을 넘어』, 『광주, 여성』 등 광주를 다룬 다양한 텍스트들도 함께였다. 심지어는 광주와 유사한 케이스인 칠레 내전에 대한 텍스트들도 읽었다. 그 수업은 애초에 주제부터가 광주 5월 항쟁이었고, 다양한 텍스트들을 접해 본 후 직접 광주로 여행을 떠나는 것까지를 목표로 하는 수업이었기 때문이다.

여기서 일일이 그 수업의 이야기를 늘어놓는 건 큰 의미가 없으리라 생각된다. 어쨌건 그 수업에 참가한 친구들은 모두 열심히 텍스트들을 읽고, 토론했고, 저마다의 질문을 가진 채 광주행 버스에 올랐다. 물론 나도 함께였다. 다만 나는 무언가 새로운 질문을 가지고 여행길에 오르지는 않았다. 몇 년 전 중등인문학교에서 『소년이 온다』를 읽었을 때 광주에 대한 나의 감상과 평가는 이미 어느 정도 정리되어 있었고 나로서는 무언가 새로운 것을 찾기 위해서라기보다 커리큘럼의 마무리를 위하여 광주에 간다는 느낌이 더 강했다.

그렇게 나는 광주에 도착했고, 예상치 못한 광주를 마주했다.

무엇이 예상치 못한 것이었는가를 한마디로 줄이기도 어려웠다. 여러 가지 의미에서 충격적인 경험이 너무나 많았다. 가령 시민군의 마지막 저항지이자 학살의 현장이었던 구(舊) 전남도청은 '아시아문화전당'이라는 이름의, 정체조차 불분명한 '종합예술공간'으로 탈바꿈되어 있었다. 그런가 하면 이미 40년 가까운 시간이 지났음에도 기록관이나 위령공원 같은 곳에 갈 때마다 그 현장을 경험한 어르신들이 그날의 기억을 우리에게 알려 주려 안달하셨다. 너무나 조악하게 그 기억에 덧칠을 하려는 시도들과, 너무나 필사적으로 그 기억을 전하려는 시도들이 뒤섞여 있었다. 그 가운데 나는 어찌할 바를 모르고 당황했다. 오랜 질문이 다시 되살아났다.

무엇을 할 것인가?

몇 년 전과 마찬가지로 쉽사리 답을 찾을 수가 없었다. 다만 답은 조용히 내게로 찾아왔다. 구 전남도청 별관의 2층. 넓은 도청 부지의 대부분이 아시아문화전당이 되었음에도, 별관 건물만은 그에 반대하는 유족들이 점거한 유일한 귀퉁이였다. 그 귀퉁이의 1층은 유족회가 대책본부로 사용하고 있었고, 2층에는 불과 몇 달 전 익명의 시민이 보냈다는 영상이 상영되고 있었다. 흑백의 무성 영상은 1980년 5월, 그때의 광주의 수많은 사람들을 서투르게 촬영한 것이었다.

영상을 보는 동안 나는 미묘한 감정에 휩싸였다. 그 영상 속에는 수많은 사람들이 등장했다. 거리의 시위자들, 누워 있는 환자들, 늘어져 놓인 시신들. 그들의 시선은 모두 각기 다른 곳을 향하고 있었지만, 어째선지 나는 그들 하나하나가 모두 다 나를 바라보고 있는 것만 같았다. 그들이 묻고 있는 것만 같았다.

무엇을 할 것인가?

영상이 끝날 즈음, 나는 나도 모르게 조용히 눈물을 흘렸다.

별관을 나와 주변을 거닐면서 나는 내가 왜 울었을까에 대하여 생각했다. 그것을 구태여 말로 표현해 보자면 일종의 애틋함이었던 것 같다. 국가로부터 내팽개쳐진 무법의 도시에서도 고결한 모습을 보였던 사람들, 그날의 사람들을 기억하겠다는 집념을 오늘까지도 지니고 있는 사람들, 그들에 대한 애틋함. 또한 그 애틋함은 내가 서 있는 자리 탓에 느껴진 것 같기도 하다. 그들은 계속 나를 바라보고, 눈빛으로 무언가 말을 건네어 오지만, 나는 그들 사이로 들어갈 수는 없다. 시간과 공간이 만들어 놓은 거리 때문에 나는 그들에게 애틋함을 느끼면서도 여전히 경계 위에 서 있었다.

그것이 그 여행에서 내가 느낀 것이었다. 그 3일의 여행 동안 내가 마주한 광주는 부름(Calling)의 도시였다. 그 도시는 끊임없이 1980년 5월을 현재의 순간들로 불러들인다.

"당신이 죽은 뒤 장례식을 치르지 못해,
내 삶이 장례식이 되었습니다. (중략)
당신이 죽은 뒤 장례를 치르지 못해,
당신을 보았던 내 눈이 사원이 되었습니다.
당신의 목소리를 들었던 내 귀가 사원이 되었습니다.
당신의 숨을 들이마신 허파가 사원이 되었습니다. (중략)
봄에 피는 꽃들, 버드나무들, 빗방울과 눈송이들이 사원이 되었습니다.
날마다 찾아오는 아침, 날마다 찾아오는 저녁들이 사원이 되었습니다."

(『소년이 온다』, 99~101쪽)

수많은 추모공원들과 추모시설들, 거기서 만난 유치원생, 초등학생, 중학생, 고등학생, 성인들의 모습이 끊임없이 내게 1980년 5월의 기억을 떠올리도록 했다. 지금은 민주화 기록관이 된 구 가톨릭회관 안을 둘러보고 있을 때는 바깥 어디에선가 이름 모를 중년 남자가 5·18에 대하여 무어라 울부짖는 소리가 들려왔었다. 그 소리가 나에게 80년 5월의 기억을 떠올리게 했다. 도청복원운동위원회의 아저씨와 상무관의 아저씨, 자유공원의 해설사 아저씨들이 분명 비슷한 이야기를 하는데도 달리 들린다는 사실이 나에게 80년 5월의 기억을 떠올리게 했다. 누군가 강요한 적 없음에도 이 도시는 그 기억의 되새김을 자신의 소명(Calling)으로 여기고 있었다.

나는 1987년, 80년 광주에 빚을 지고 있는 그 87년 김수환 추기경이 남긴 한 강론을 떠올렸다. 도시는 카인이 되지 않기 위하여, 그들이 어디로 갔는지 모르겠다고 말하지 않기 위하여 몸부림치고 있었다.

지금 하느님께서는 우리에게 묻고 계십니다. "너희 아들, 너희 제자, 너희 젊은이, 너희 국민의 한 사람인 박종철은 어디 있느냐?"
"'탕' 하고 책상을 치자 '억' 하고 쓰러졌으니 나는 모릅니다. 수사관들의 의욕이 좀 지나쳐서 그렇게 되었는데 그런 것 가지고 뭘 그러십니까? 국가를 위해 일을 하다 보면, 실수로 희생될 수도 있는 것 아니오? 그것은 고문 경찰관 두 사람이 한 일이니 우리는 모르는 일입니다"라고 하면서 잡아떼고 있습니다. 바로 카인의 대답입니다!(김수환 추기경, 1987년 박종철 열사의 추모미사 중)

하지만 그러한 도시의 의지와는 별개로, 국가가 바라는 바는 국민들을 통합시키고 국가의 정당성을 입증하여 역사를 이끌어 가는 것이다. 그를 위하여 그들이 선택한 단어가 '평화'다. '평화'가 의미하는 것은 애도이지만 애도가 아니고, 징악이지만 징악이 아니고, 반성이지만 반성이 아니다. 본질적으로 그것은 침묵이다. 고통의 기억은 과거의 것으로 고정된다. 그들은 불미스러웠던 과거는 과거로 남기고 대신 밝은 미래를 지향하자고 주장한다. 뜯어고쳐진 도청의 모습과 아시아문화전당이라는 웅비한 이름이 그것을 증명한다. 국민들의 통합을 원하기에, 국가 정부는 필요할 때가 아니면 구태여 광주의 기억을 불러들이지 않을 것이다. 오직 자신들의 정당성을 누군가 훼손하려 들 때, 그와 같은 때에만 오늘날 '민주'정부를 있게 한 디딤돌로서만 그 기억을 불러들일 것이다.

그리고 적지 않은 이들이 그러한 타성에 익숙해지리란 사실이 광주에 대한 나의 애틋함을 더욱 부채질한다. 언젠가 도시의 부름은 결국 현재에 닿지 않게 될 것이고 국가와 국민은 그들을 과거에 내버려 둔 채 미래로 나아갈 것이다. 나는 다만 경계에서 그것을 지켜본다. 무엇을 할 것인가를 자문하면서.

3.

만일 지금 다시 내 앞에 『소년이 온다』가 펼쳐져 있고, 그 뒤로 또 녀석들이 내 말을 기다리고 있다면, 비로소 나는 나에게 광주가 무엇인지 녀석들에게 말해 줄 수 있을 것 같다.

내게 광주는 과거의 기억과 우리 사이에 가로놓인 거리와 경계를 실감하게 한다.

그럼에도 그 거리와 경계를 넘어서서 그 기억을 현재로, 우리 자신의 삶으로 끌어옴으로써 그 기억들을 살아남게 하려는 노력들이 존재한다는 사실을 깨닫게 한다.

우리가 그러한 노력을 멈춘다면 그 모든 기억들은 결국 망각 속에 파묻히거나, 권력의 필요에 따라서만 끌려나와 그들의 의지에 따른 형태로만 살아남을 것이라 경고한다.

우리가 그러한 노력을 이어 간다면, 이전보다 조금 더 광대하고 세밀한 세계를 우리 자신의 발로 디디고 우리 자신의 눈으로 응시할 수 있으리라고 믿게 만든다.

그럼으로써 우리-세계는 좀더 자유로워질 수 있으리라 기대하도록 한다.

나에게 광주는, 1980년 5월 광주의 기억은 그 모든 사실들을 끊임없이 되새기도록 한다. 역사가 오직 분쟁의 씨앗으로만 느껴질 때, 이번 달을 보내기 위해 벌어야 할 돈과 그 돈을 벌기 위해 해야 할 일들 외의 세상이 눈에 들어오지 않을 때, 밀양과 용산과 세월호 앞에 무슨 말을 해야 할지 무슨 일을 해야 할지 아무것도 알 수 없게 되었을 때. 그때 문득 떠올리는 광주는 나침반의 곧게 뻗은 바늘처럼 기억과 나와 세상의 방향을 가리킨다. 길을 잃는 일 없이 내가 따라가야 할 방향을 가르쳐 준다.

이제 걸을 시간이다.

2008년, 서울의 기억

임정은, 『김치도 꽁치도 아닌 정치』, 다른, 2014

1.

아이들에게 "정치란 무엇일까"라는 질문을 던졌을 때, 과연 어떤
대답이 나올까? 사실 정치라는 단어만큼 아이들과 동떨어진 단어
를 찾기도 쉽지 않다. 아이들이 정치에 관심을 갖는 경우도 드무나
어른들이 그것을 달갑게 여기지 않는 경향도 있는 듯하다.

  임정은의 책 『김치도 꽁치도 아닌 정치』는 그러한 아이들의 정치를 조망한다. 딱 보아도 청소년 서적'다운' 아기자기한 제목은 벌써부터 그 내용이 엿보이는 것만 같은 착각을 느끼게 한다. 아, 이 책은 아이들에게 정치가 뭔지 조곤조곤 알려 주는 책이겠구나. 민주주의가 왜 정의로운지, 선거에 왜 꼭 참여해야 하는지, 삼권분립이 얼마나 합리적인지 그런 내용들을 친절한 말들로 설명해 주는 책이겠구나 싶다. 그러나 책을 펼쳐 읽기 시작하면 꼭 그렇지는 않다는 사실을 알 수 있다.

『김치도 꽁치도 아닌 정치』는 대의민주주의의 교과서적인 장점들을 설명하기보다 곧바로 아이들이 맞닥뜨리는 정치의 이야기로 치고 들어간다. 인문학 동아리 '문사철인'에 속한 중학생들이 '당신에게 정치란'을 주제로 동네 사람들에 대한 앙케트에 나서고, 우연히 건물주의 급작스런 재건축으로 쫓겨나게 된 카페 주인을 인터뷰하게 된다. 그러다 정당에도 가입하게 되고, 카페를 지키기 위한 시위에도 참여한다. 그리고 그것을 목도한 건물주가 학교에 항의를 넣음으로써 "학생은 학생답게 공부를 하라"로 시작되는 레토릭이 따라붙는다. 건물주뿐만이 아니다. 교장, 교감, 학생부장, 학부모회, 귀찮은 트러블에 엮이고 싶지 않은 친구들, 주위의 모두가 주인공을 압박한다. 그렇다. 세상이 대신 답해 주는 아이들의 정치란 바로 이것이다. "너희에게는 아직 어울리지 않는 것."

학생부장 선생님 말에 따르면 모든 문제는 일선이 정치적으로 아이들을 선동해서 동네 카페 일에 동아리 아이들까지 끌고 들어가서 생긴

일이라고 했다. 그리고 이것은 지역 사회에서 우리 학교의 위신을 떨어뜨리는 일이며, 다른 학부모들이 '불순하다'며 반발하고 항의할 거라고 했다. 실제로 자신도 학교로 항의전화가 와서 이 일을 알게 된 거라며 말이다. 사건의 내용은 대충 이러하니, 우리는 교육자로서 일단 아이들이 그 가게 일에 다시는 관여하지 못하게 단속을 하고, 일선이라는 학생이 차후에 또 어떤 선동을 할지 모르니 잘 지켜봐야 한다. 또 살살 달래어 정당도 탈퇴시켜야 한다고 했다.

"철모르는 아이들이 어른들 일에 끼어든 것 같은데요. 그렇지 않습니까? 순진한 우리 애들이 뭘 알겠어요. 선생님께 뭐라고 하는 게 아니라 아쉬워서 하는 말입니다."(『김치도 꽁치도 아닌 정치』, 162~163쪽)

왜 아이들에게 정치는 어울리지 않는가? 그것은 그들이 아직 너무나 미성숙하고 모르는 것이 너무 많기 때문이다. 정치에 대한 정의는 수도 없이 많으나 적어도 그중 어떤 정의도 정치가 '세상, 즉 공공의 무언가에 자신 혹은 자신이 속한 집단의 의사를 반영코자 하는 행위'임은 부정할 수 없다. 바로 이 지점에서 아이들에게 정치는 어울리지 않는 것이 된다. 세상에 대한 아이들의 미성숙한 생각과 의지는 도통 믿을 만한 게 못 되며, 때문에 그들에게는 아직 공공의 일에 참여할 권리가 없다는 전제가 깔려 있다. 이 전제는 비단 꼬장꼬장하고 보수적인 노인들만의 전유물은 아니다. '어릴 때부터의 민주시민교육'을 강조하는 이들 중에서도 아이들이 '반동적인' 정치적 의사를 표할 때 그를 유치한 이기심의 발로나 세뇌의 결과로 몰아가는 이들은 존재한다.

그처럼 말하는 사람들에게 『김치도 꽁치도 아닌 정치』는 '문사철인'이 받아 온 열여섯 장 설문지를 흔든다. 이 설문지는 물론 가상의 것이지만 그 한 장 한 장이 말하는 각계각층 남녀노소의 '정치'는 헛웃음이 나올 정도로 익숙한 리얼리티가 살아 있다.

정치는 '나랏님'이 하는 것이며 나라가 있어야 정치도 있으니 국가 안보가 가장 중요하고 그 뒤로 빨갱이, 이북, 연평도와 백령도 등이 따라붙는 설문지.

블로그와 SNS의 정치적 기능을 강조하고 왜곡된 언론과 교육 문제, 정치에 관심이 없는 젊은 세대를 지탄하고서 귀하가 하고 있는 정치 참여를 묻자 멋쩍은 이모티콘(^^;;)이 달린 설문지.

그 외에도 정치 이야기만 나오면 열을 올리는 친구에 대한 불평, 부패한 정치인들에 대한 혐오, '참여'·'분배'·'국민의 정치의식' 등의 단어들이 변주되는 문장들이 있다. 때때로 섞인 무관심한 대답들이 있고, 대부분 '투표'로 귀결되는 정치 활동에 대한 문항들이 보인다.

과연 중학생들의 '미성숙한' 정치의식과, 이 설문지들에 실린—우리가 흔히 듣고 말하는 성인들의 '성숙한' 정치의식 사이에는 절대적이라 할 만한 질적 차이가 있는 것일까?

2.

"가장 먼저 떠오른 질문은 '국가란 무엇인가'이었다. 국가란 무엇일까? 우리는 학교에서 국가가 성립되는 요소는 국민, 영토, 주권이라고 배운다. 그러나 과연 이 세 가지가 모두 충족되었다고 해서 '나라'라고 부를 수 있을까? 국가가 국민을 죽이는 상황에서도 국가라고 부를 수 있을까? 만약 그럴 수 있다면 광주 5·18 민주화운동 당시 참여한 시민군의 노력은 헛된 것이 아니었을까? 그럴 수 없다면 잘못된 지식을 배우는 걸까?"

"생각하지 않고 위에서 주어진 명령을 따르는 것은 쉽다. 『쥐』를 보면 수많은 잔인한 군인들이 나온다. 그들 모두가 태어나기를 잔인하게 태어났을 것이라고 생각하지 않는다. 그들은 위에서 내려온 지시를 무조건 따랐다. 그들이 전달된 명령에 관하여 심각하게 고민했더라면 그렇게 잔혹하게 행동할 수는 없었을 것이다. 그렇지만 동시에, 그들이 명령의 부당함을 인식한다면 어떤 일이 일어날까? 당장 그 사회에 대항할 수 있을까?"

(아이들의 『쥐』, 『소년이 온다』 감상문 중에서)

광주에 대하여 아이들과 나누었던 이야기들, 아우슈비츠에 대하여 나누었던 이야기들. 그리고 가을, 여름, 봄에 아이들이 썼던 글들을 들춰 보며 한 가지 확신만이 강해졌다. 적어도 나에게는 녀석들에게 정치가 '답지 않은 것'이라고 말할 자격이 없다.

자신과 가까운 집과 학교부터 마을을 거쳐 과거의 기억들까지, 나는 녀석들에게 자신들의 세상을 돌아보고 곱씹어 보기를 권해 왔다. 자기 세상을 보는 스스로의 눈을 가지고 세상에 대해 저마다의 질문을 던지기를 바라 왔다. 아이들은 느리고 빠른 차이는 있을지라도 글과 말을 통해 자기들에게 그럴 능력이 있음을 증명해 왔다. 정치라고 하는 것이 그 시선과 질문들을 마침내 삶과 행동으로 옮기는 행위라고 한다면, 자신과 세상을 잇는 걸음을 '어떻게 걸을 것인가'에 대한 고민이자 실천이라고 한다면, 적어도 나는 그 아이들에게 정치가 아직 어울리지 않는다고 말할 수가 없는 것이다.

그러한 확신을 가지고 나는 이제 조금 다른 고민을 시작한다. 그렇다면 그 방법, 어떻게 세상에 자신의 뜻과 질문을 맞부딪힐 것인가에 대하여 나는 녀석들에게 무엇을 말해 줄 수 있을까. 이때도 답은 명확하다. 내가 말해 줄 수 있는 건 어떤 정답이 아니라, '나의 경우'뿐이다. 그 순간 나는 말문이 막힘을 느낀다.

나는 어떤 방식으로 그것을 실천했던가. 말해 줄 만한 것이 곧바로 떠오르지 않는다. 많은 이들이 말했던 선거와 투표는 지금 이 아이들에게는 불가능할 일일뿐더러 내가 느낀 바로는 지나치게 간접적인 수단이다. 그렇다고 다짜고짜 일단 데모나 시위부터 하라고 말하는 것은 어불성설이다. 그렇다면 그 외에 우리에게는 어떤 방법이 있는가.

여기서 나는 다시 책으로 돌아간다. "정치란 중학생들에겐 어울리지 않는 것"이란 레토릭 아래 자신들의 정치적 행위를 반성하길 요구받던 주인공들, 그 이야기의 끝은 어디로 향했을까.

통쾌하게 웃는 사람들을 보며 일선은 코끝이 쩡했다. 낱낱으로 흩어져 있던 사람들이 손에 손을 잡는다. 나란히 어깨를 겯는다. 내 일처럼 힘을 보탠다. 너의 아픔이 나의 아픔이 된다. 내가 네가 되고 네가 내가 된다. 너와 내가 우리가 된다. 거대한 두려움 앞에 다윗처럼 맞선다. "연대…" 일선은 자신도 모르게 나지막이 읊조렸다.(『김치도 꽁치도 아닌 정치』, 260~261쪽)

사실, 이 책의 '청소년 서적다움'은 시작이 아닌 끝에 있다. 『김치도 꽁치도 아닌 정치』는 전혀 동화답지 않게 아이들이 정치의——공공의 의사결정 구조에서 배제되는 현실을 폭로하지만, 그러한 현실을 극복하는 과정에서는 다소 일반적인 방식을 택한다. 주인공은 학교에 대자보를 붙인다. 주인공들을 지지하는 다른 학생들의 포스트잇들이 나부끼고, SNS를 통해 지지의 메시지가 날아들고, 학생 인권조례를 준수하고 학생의 정치활동을 인정하라는 현수막이 펄럭이고, 아이들은 지역 라디오 방송을 시작한다. 물론 그 사이사이에는 여전히 비난의 목소리들이 섞여 있지만 주인공들에겐 함께해 주는 사람들이 존재한다는 기쁨이 더욱 크다. 기쁨은 다시 희망이 되고, 주인공들은 이 모든 게 끝이 아닌 시작임을 다짐한다. "정치란 무엇인가"의 질문을 '연대'라는 힘이 마무리한다.

여기서 내가 지적하고 싶은 '청소년 서적다움'은 동화적인 플롯이나 이미 판에 박힌 이미지가 되어 버린 연대의 수단들 따위가 아니다. 물론 그것들을 너무 뻔하다고 말할 수도 있겠지만, 어쨌든 포스트잇도, SNS도, 라디오 방송도, 그것들이 만들어 내는 연대도 여전히 현실 곳곳에서 실존하고 있으며 그 나름의 실제적 힘을 가지고 작동하기 때문이다. 내가 정말 지적하고 싶은 것은 이 책이 끝난 지점이다.

> "차일선, 설마 이게 끝이라고 생각하는 건 아니지? 너의 대자보에 학교는 아직 응답하지 않았잖아. 응답할 때까지 계속 두들겨야지, 안 그래? 우리는 이제 시작인데?"
>
> 일선은 다리를 꼰 채로 삐딱하게 걸터앉은 현서를 동그란 눈으로 올려다봤다.
>
> "끝이 아닌 시작?"(『김치도 꽁치도 아닌 정치』, 267쪽)

여기가 책의 끝이다. 연대의 힘을 확인하고 그것이 끝이 아닌 시작임을 알려 주면서도 책은 그다음을 이야기해 주지는 않는다. 나는 그 사실에 아쉬움을 느낀다. 그것이 청소년 서적으로서의 이 책의 한계라고 느낀다. 그리고 그 아쉬움을 통하여 깨닫는다. 내가 아이들에게 해줄 수 있는 정치에 대한 나의 경험이 무엇인지를.

3.

나는 살면서 두 번의 촛불시위를 경험했다. 한 번은 2008년의 광우병 촛불시위였고 다른 하나는 2016년의 탄핵 촛불집회였다. 그중 내게 더 깊은 인상을 남긴 건 전자였다. 그때 나와 내 친구들은 고등학교 3학년이었고 그해 말 수능시험을 치를 예정이었다. 그럼에도 우리는 초를 사서 서울로 갔다.

그 시위의 나날들 동안 서울에서 우리가 체험한 연대의 힘은 난생 처음 맞닥뜨린 것이었다. 얼굴도 본 적 없는 사람들이 남녀노소 가리지 않고 열을 지어 도로를 행진하며 구호를 외쳤고, 길거리 곳곳에서 자유롭게 무리를 지어 앉아 세상에 대한 이야기들을 나누었다. 광우병 문제는 수많은 이야기들 중 하나였다. 입시 위주 교육의 병폐, 늘어나는 비정규직과 불안정해진 노동시장, 한미 FTA로 인한 농산물 개방이 가져올 농업의 위기, 편향된 언론과 민주화 운동에 대한 폄하… 수많은 사람들이 각기 세상에 대한 자기 생각을 말하고, 듣고, 다시 말했다. 나는 세상을 보는 눈도 살아가는 방식도 저마다 다른 사람들, 그것도 그렇게나 많은 사람들 속에서 일체감을 느낄 수 있으리라곤 상상해 본 적이 없었다. 그건 하나의 스펙터클이었다. 우리는 (거기 있는 이들은 모두 '우리'였다) 연대하고 있었고 이렇게나 많은 이들이 연대한다면 당연히 세상을 바꿀 수 있는 힘이 되리라 믿었다. 거기서 깨달은 나의 정치는 세상을 바꾸는 힘, 연대의 힘이었다.

그리고 10년이 지난 지금, 나에게 그 스펙터클은 한 조각 좌절의 기억으로 남아 있다.

적어도 그때 우리가 바꾸고자 한 세상은 바뀌지 않았다. 이명박은 무사히 임기를 마쳤고 그다음은 박근혜가 당선되었다. 그 10년 남짓한 시간 속에 한때 우리 가슴을 뛰게 했던 2008년의 촛불시위는 기억은 지나간 찻잔 속 태풍으로 남았다. 누군가는 그 연대의 대중들이 얼마나 감정적인 충동에서 움직였는가를 비판한다. 또 누군가는 그때 광우병의 위험성이 얼마나 부풀려져 퍼졌는가를 짚어 낸다. 또 누군가는 정부가 쌓은 컨테이너로 도로가 봉쇄되었을 때 그것을 넘을 것인가 말 것인가로 사람들이 사분오열되었음을 지적한다. 그리하여 그들은 결국 그 시위가 '아무것도 이뤄 내지 못했음'을——FTA를 무르지도, 이명박을 퇴진시키지도 못했음을 주장한다.

나는 그 연대의 기억이 내게 선사한 충격을 부정할 수 없듯 그들이 지적한 일면들 또한 부정할 수 없다. 연대는 분명 새로운 정치의 가능성을 내포한다. 그러나 그것은 '정답'은 아니다. 완벽하게 정의롭고 이성적이며 고결한 사람들이 처음부터 끝까지 하나되어 악한 권력을 단죄하고 새로운 세상을 여는 그런 연대의 정치는 그야말로 아이들의 동화 속에나 나올 법한 이데아적 혁명인 것이다. 연대하는 사람들도 격해진 감정과 유언비어에 휘둘릴 수 있다. 의견이 갈라져 누군가 이탈하거나 서로를 비난하게 될 수도 있고, 편 가르기와 증오에 사로잡혀 편협해질 수 있으며, 설사 일련의 성과를 이루어 낸다 하더라도 뒤늦게 그에 실망하여 허탈해질 수도 있다. 연대가 시작되는 순간 사람들은 이제 세상이 바뀌리란 희망에 도취되지만 곧 그 속의 다른 어려움들을 목도하고 연대를 유지하는 것이 훨씬 더 고통스런 과정임을 깨닫는다. 때문에 많은 사람들이 그를 등지며 때때로 그들에게 그 기억은 수치스런 것으로 남거나 아름다웠던 부분만이 미화되어 남는다. 매일매일 이어지는 힘겨운 일상 속에서 연대의 기억은, 정치의 기억은 그렇게 풍화된다. 그렇기에 연대의 시작으로 책을 마무리하면서 그다음은 상상의 영역으로 남기는 『김치도 꽁치도 아닌 정치』는 아이들을 위한 동화이다.

　나는 아이들에게(아마도 어른들에게도) 세상을 바꾸는 힘으로서 정치에 대해 말하려 한다면 마땅히 희망 이외의 것에 대해서 함께 말해야 한다고 생각한다. 아직 그 뒤는 알 필요가 없다며 아름답기만 한 연대—이상적인 정치를 말하는 건 어떤 측면에서는 또 다른 '너희에겐 아직 일러'다. 아이들은 이미 자신들의 눈으로 세상을 응시하고 있다. 녀석들은 2016년 촛불의 연대가 한국 정치의 지형을 한 번 바꾼 것을 보았고, 2019년 연대했던 사람들이 젠더와 세대와 경제적 계층과 정치적 신념으로 다시 갈라진 것을 보고 있다. 그런 녀석들에게 연대를 오직 희망으로만 말한다는 것은 얕은 기만일 따름이다. 연대는 희망이면서 또한 실패와 좌절과 고통의 과정이다. 끊임없이 걸어야 함을 믿으면서도 자신이 잘 걷고 있는지 의심해야 한다. 세상을 바꿀 수 있는 시도이지만 반드시 바뀔 거라는 보장은 어디에도 없다. 따라서 아이들과 정치를 말할 때 결코 피할 수 없는 질문은 이것이리라.

그럼에도 불구하고.

그럼에도 불구하고, 우리는 어떻게 세상을 바꾸기 위해 노력할 것인가?

하워드 진, 『달리는 기차 위에 중립은 없다』

2019년 용인, 그럼에도 불구하고

하워드 진, 『달리는 기차 위에 중립은 없다』, 유강은 옮김, 이후, 2002

1.

'세상' 이야기를 마무리하는 마지막 책이 『달리는 기차 위에 중립은 없다』라고 하면 이 글을 읽는 '녀석들', 즉 수업의 당사자들은 조금 당황스러워할 것 같다. 겨울 수업에서 이 책은 녀석들에게 썩호응을 못 받은 쪽에 속했기 때문이다. (아마 『소년이 온다』 쪽이 훨씬 호응이 좋았던 걸로 기억한다.)

사실 비단 그때뿐만은 아니다. 그 뒤로도 나는 종종 다른 수업들에서 『달리는 기차 위에 중립은 없다』를 교재로 썼고 대개 꽤 긍정적인 반응을 얻었지만 만족스럽진 않았다. 어쩌면 내 기대가 너무 컸던 걸까? 그럴지도 모르겠다. 나에게 내 인생의 책 한 권을 꼽으라고 한다면 나는 주저 없이 이 책을 꼽을 테니까. 같은 이유로, 아이들과 함께 읽고 싶은 책을 꼽으라 해도 이 책을 꼽을 것이다.

왜냐하면, 이 책은 나의 "그럼에도 불구하고"를 채워 주었고, 아이들에게도 그렇게 해줄 수 있으리라 믿기 때문이다.

2.

『달리는 기차 위에 중립은 없다』의 표지(2002년판)에는 다소 신기한 문구가 적혀 있다. '하워드 진의 자전적 역사 에세이.' 에세이면 에세이지, '자전적 역사 에세이'는 대관절 무엇일까. 작가인 하워드 진(Howard Zinn)이 역사학자이기에 그런 표현을 쓴 것일까.

책을 펼치고 나면 오래지 않아 그 까닭을 알 수 있다. 그가 자신의 삶의 궤적을 따라 거슬러 오를 때 우리는 그 모든 순간들에서 '역사'적 대립과 투쟁의 현장들을 마주한다. 자기 개인의 삶을 말하면서도 세상의 풍파를 담아낸다는 의미에서 그의 이야기는 자전적이면서 동시에 역사적이다. 이 책은 그 풍파 속에서도 굴하지 않고 세상을 변화시키고자 노력한 한 개인의 기록인 것이다.

그에게 있어 개인과 세계, 자전과 역사라는 쌍들은 극명하게 반대되는 것도 한쪽이 다른 한쪽에 종속된 것도 아니다. 나는 그의 모든 말들에서 인간은 세계를 더 나은 방향으로 바꿀 수 있다는, 이미 바꾸어 왔으며 지금도 바꾸기 위해 노력하고 있다는 굳건한 믿음을 발견한다. 그리고 그와 같은 믿음을 발견한 것은 나뿐만이 아니었다.

이 책은 1992년의 한 강의에서 시작한다. 저자인 하워드 진은 그 강의에서 역사학자로서 크리스토퍼 콜럼버스에 대하여 이야기 했다. 그는 콜럼버스가 신대륙에서 벌인 원주민 학살과, 왜 그러한 진실을 이야기하는 게 중요한지, 오늘날 사람들이 그와 같은 역사를 극복하고 평등하고 존엄하게 함께 살아가는 게 가능한지에 대하여 강의했다.

그 강의가 끝나 갈 무렵, 한 청중이 그에게 묻는다.

"지금 세계에서 벌어지고 있는 우울한 뉴스들을 생각한다면, 선생님은 놀라울 만치 낙관적으로 보입니다. 무엇이 선생님한테 희망을 주는 겁니까?"(『달리는 기차 위에 중립은 없다』, 10쪽)

진은 독백한다.

사람들은 느낌을 존중하지만 그럼에도 이유를 원한다. 계속 나아가야 할 이유, 굴복하지 말아야 할 이유, 개인적 사치나 절망으로 물러서면 안 되는 이유를. 사람들은 내가 말한 인간 행동에서 그러한 가능성의 증거를 보고 싶어 한다. 나는 이유들이 **존재**한다고 주장해 왔다. 나는 증거가 **있다**고 믿는다.(『달리는 기차 위에 중립은 없다』, 22쪽, 강조는 원저자)

이제 진은 사람들에게 보여 줄 증거를 찾아 자신의 기억을 되짚기 시작한다. 그중 하나가 1961년, 인종차별에 반대하는 흑인들의 민권 운동이 한창이었던 조지아 주 올버니의 기억이다. 그때 올버니에서는 기차와 버스에서 흑인과 백인이 나누어 앉는 것에 반대하는 '자유승차단'이 대대적으로 체포되었고, 그에 항의하여 수백 명씩 거리로 몰려나온 흑인들도 다시 체포되었다. 진은 그들 자유승차단의 자문위원이 되어 그들과 함께하기 위해 올버니로 갔다. 그는 올버니에서 마주친 수많은 '보통사람들'과 그들의 이야기를, 하나하나 빠짐없이 적었다. 아래는 그 대목의 일부이다.

시내버스에서 앞자리에 앉아 꿈쩍도 하지 않았던 열여덟 살짜리 소녀 올라 메이 쿼터만이 생각난다. 그녀는 올버니의 흑백 문화에서 분명히 새로운 언어를 구사했다. "전 빌어먹을 제 돈 20센트를 냈고, 앉고 싶은 자리에 앉을 수 있어요." 그녀는 '외설행위'로 체포되었다.
찰스 셔로드도 생각난다. (중략) 셔로드는 내가 올버니에 도착했을 때 막 감옥에서 나온 이들 가운데 한 명이었다. 그가 보안관에게 "우리가 지금은 감옥에 있을지 모르지만, 그래도 우리는 인간입니다"라고 말하자, 보안관이 그의 얼굴을 후려쳤다(25년 후 보안관은 떠났지만 셔로드는 여전히 올버니를 지키며 농민협동조합을 조직하고 있었다).

앨라배마의 걸프해안 출신으로 SNCC(학생비폭력조직위원회)의 몇 안
되는 백인 비상연락원이자 리노어 테이트를 비롯한 자유승차단과 함
께 체포된 밥 젤너도 생각난다. 그들 모두가 교도소에서 나올 때 나도
환영 인파에 있었는데, 밥이 그들과 함께 나타나자 보안관이 그를 잡
아챘다. "**너는** 또 다른 건으로 기소가 되었다." 그는 힐끗 불굴의 미소
를 지어 보였고 끌려가면서도 동료들에게 손을 흔들어 주었다.

항의행진이 끝나고 시청에서 경찰에 이름이 적힌 흑인들의 행렬에는
올버니의 소년도 있었다.

"너 몇 살이니?" 프리체트 서장이 물었다.

"아홉 살이요."

"이름은 뭐지?" 서장이 물었다.

소년은 대답했다. "자유(Freedom). 자유요."

"집에 가라, 자유야." 서장의 말이었다. (『달리는 기차 위에 중립은 없다』,
74~77쪽, 강조는 원저자)

또 진은 1963년 여름, 미시시피 그린우드에서 일어난 흑인들의
'유권자 등록운동'(당시 미시시피 주의 흑인은 전체 인구의 43%였지만
오직 5%만이 유권자 등록을 했고 백인들은 그 상태를 유지하고 싶어 했
다)의 기억에 대해서도 썼다. 디데이(D-Day) 바로 전날 밤 활동가
들의 비좁은 숙소에는 침대가 모자랐고 난감해하고 있는 그에게
누군가 동네 사람의 주소지 하나를 건넸다. 그는 별수 없이 그 주

소를 찾아갔다.

머뭇거리면서 그 집 문을 두드린 건 칠흑 같은 어둠이 내려앉은 새벽 세 시였다. 문을 열고 나온 이는 잠옷 차림이었다. 그는 함박웃음을 지어 보였다. "들어오세요!" 그는 침실 쪽으로 고개를 돌려 소리쳤다. "여보, 누가 왔는지 나와서 봐봐." 불이 켜지고 그의 아내가 나왔다. "우리 친구들, 뭐 좀 차려 줄까요?" 우리는 사양하며 깨워서 미안하다고 사과했다. 남자가 손을 내저었다. "아녜요. 빨리 일어나려고 하던 참이었어요."

남자가 우리를 위해 매트리스를 끌고 왔다. "자, 둘은 매트리스에서 자고 한 명은 소파에서, 작은 간이침대도 있어요." 동틀 녘에 깨어나 보니 희뿌연 어둠 속에서 친구들이 아직 자고 있는 모습이 보였다. 무슨 소리에 잠이 깼는지 알게 되었다. 처음에는 꿈이라고 생각했는데 여전히 소리가 들렸고, 부드럽게 되풀이 되는 여자 목소리, 맑은 소리가 가슴을 울렸다.

처음에는 바깥에서 나는 소리인 줄 알았는데 알고 보니 침실에서 들려왔다. 남자는 벌써 일하러 나갔고 그의 부인이 음조를 넣어 기도를 하고 있었다. "오 주여. 오, 오늘도 모든 일이 잘 되게 하옵시고, 주여… 오, 그들이 보게 하소서, 주여… 오늘 주님의 사랑을 보여 주시고, 주여… 오, 오랜 시간이었나이다. 오 주여… 오 주여. 오 주여…"

애버리가 일어났다. 라디오가 댄스음악을 시끄럽게 울리고 있었다. 부엌에 불이 켜졌다. 옷을 입으면서 복도 맞은편의 열린 문틈으로 부부

의 침실을 보니 침대에 매트리스가 없었다. 자기들 것을 우리에게 내
준 것이었다.(『달리는 기차 위에 중립은 없다』, 108~109쪽)

당신은 어떻게 세상이 바뀌리란 희망을 가질 수 있냐는 질문에
대해 그는 논증하려 하지 않는다. 그는 단지——보여 주기만 한다.
자신이 마주했던 세상과, 자신이 만난 사람들과, 그들과 자신이 한
선택과 행동들을 그저 보여 주기만 할 뿐이다.

그의 대답을 처음 맞닥뜨렸을 때 나는 당황하고 말았다. 나는 다
른 학자들의 책을 많이 읽었고 그 책들은 대개 이론과 논리에 근거
해 자신의 주장을 설파했다. 그쪽이 내게는 훨씬 익숙했다. 하지만
하워드 진은 이론과 논리 대신 자신이 거리와 직장과 구치소와 법
정에서 겪었던 일들을 적었다. 또 다른 명성 있는 학자들을 인용하
는 대신 내가 난생 처음 들어 보는 이름들을 쏟아 냈다. 그 이름들
은 저명한 운동가의 이름조차 아니었다. 용기 있는 흑인 여학생이
나 운동본부 옆집에 살던 부인, 반전운동 중 사망한 여학생의 아버
지 같은 사람들의 이름이었다. 그 '평범한' 사람들, 더 나은 세상을
만들 수 있을 거라는 믿음만이 유일한 공통점이었던 그 사람들이
그에게 해주었던 말과 보여 주었던 행동들을 그는 마치 대학자의
천금 같은 웅변이라도 되는 것처럼 한 글자도 빼먹지 않고 필사적
으로 남기고 있었다.

이 모든 글, 세계의 변화를 믿는 개인의 희망에 대한 그의 대답은
학자의 것이라고 하기엔 너무나 소박한 것이었다. 다른 학자들이

이론과 논리를 가져오는 것은 자신들의 말에 객관성을 부여하기 위함이다. 나는 진의 대답에 대하여 그것은 단지 당신 개인의 경험이며, 당신이 운 좋게 만난 몇몇 용기 있는 사람들의 말과 행동일 뿐이라고 반박할 수 있다. 그보다 훨씬 더 많은 침묵하는 사람들과 악화되고 있는 세계의 부정적 측면들을 끄집어낼 수 있다. 그가 말하는 희망의 이유보다 훨씬 더 많은 절망의 이유들을 찾아낼 수 있다.

하지만 나는 곧 내가 수백 개의 절망할 이유를 찾아낸다 하더라도 그것이 하워드 진이 찾아낸 희망의 이유를 거짓으로 만들 수는 없으리란 사실을 깨달았다. 애초에 그가 나를 비롯한 세상의 변화를 의심하는 이들에게 제시한 건 통계자료가 아니었고, 어떤 진리나 필연성에 근거한 설명도 아니었다. 그는 자신의 삶을 보여 주었을 뿐이었다. 아주 적은 가능성과 아주 느린 변화에 대하여 말했을 뿐이었다. 진이 겪은 일들은 분명히 실제로 있었던 일들이고 그가 만난 사람들도 그러했다. 남은 건 그것들을 어떻게 받아들일까 하는 것뿐이었다. 그 모든 걸 무의미한 소란으로 흘려보낸 사람들이 있듯이, 진은 단지 진심으로 그 모든 걸 우리가 세계를 바꿀 수 있다는 증거이자 우리가 행동해야 할 이유로 받아들였다.

나는 다시 책의 마지막 부분을 소리 내어 읽었다.

혁명적 변화는 한 차례의 격변의 순간(그런 순간들을 조심하라!)으로서가 아니라 끝없는 놀람의 연속, 보다 좋은 사회를 향한 지그재그꼴의 움직임으로 오는 것이다.

(중략) 좋지 않은 시대에 희망을 갖는다는 것은 단지 어리석은 낭만주의만은 아니다. 그것은 인류의 역사가 잔혹함의 역사만이 아니라 공감, 희생, 용기, 우애의 역사이기도 하다는 사실에 근거한 것이다.

이 복잡한 역사에서 우리가 강조하는 쪽이 우리의 삶을 결정하게 될 것이다. 우리가 만약 최악의 것들만을 본다면, 그것은 무언가를 할 수 있는 우리의 능력을 파괴할 것이다. 사람들이 훌륭하게 행동한 시대와 장소들——이러한 사례들은 무수히 많다——을 기억한다면, 행동할 수 있는 에너지, 그리고 적어도 이 팽이 같은 세계를 다른 방향으로 돌릴 수 있는 가능성을 얻을 수 있다.

그리고 아무리 작은 것일지라도 우리가 행동을 한다면, 어떤 거대한 유토피아적 미래를 기다릴 필요가 없다. 미래는 현재들의 무한한 연속이며, 인간이 살아가야 한다고 생각하는 바대로, 우리를 둘러싼 모든 나쁜 것들에 도전하며 **현재**를 산다면, 그것 자체로 훌륭한 승리가 될 수 있다.(『달리는 기차 위에 중립은 없다』, 288~289쪽, 강조는 원저자)

이 마지막 부분이 그가 자신의 평생의 삶으로부터, 그 자신을 포함한 용기 있는 사람들의 모습과 그들이 일궈 낸 세상의 작고 느린 변화로부터 이끌어 낸 것임을 알았기에.

그것이 그가 가진 희망의 이유이자, '그럼에도 불구하고' 평생 동안 세상을 바꾸기 위해 싸우도록 한 힘임을 비로소 알았기에.

그가 '보여 준' 소박하기 짝이 없는 대답이 또한 얼마나 진실된 것인가를 깨달았기에.

나는 아무 말도 하지 않고, 몇 번이고 되풀이해서 이 책을 다시 읽었다.

3.

나는 저 마지막 부분을 아이들과도 함께 소리 내어 읽었다. 아이들 눈높이에 맞춰 조금 달리 이야기해 볼 수는 없을까, 어떻게 고칠 수 있지 않을까 노력해 봤지만 무리였다. 아무리 생각해도 '세상'이란 테마에 대하여 그때(지금도) 내가 하고 싶었던 말, 해줄 수 있는 말은 저 마지막 페이지와 토씨 하나 다르지 않았다.

그러나 서두에 말했듯 아이들은 적어도 나만큼 저 글에 감명을 받은 것처럼 보이진 않았다. 글쎄. 뭐 여러 가지 이유가 있겠지만, 굳이 하나를 고르자면 아직 '그럼에도 불구하고 어떻게 세상을 바꿀 수 있는가' 같은 고민이 그리 와닿지 않았던 게 아닐까 싶다. 그런 고민을 하기에는 주어진 상황들을 따라가는 데 너무 바쁘기도 할 것이고, 세상을 바꾸니 뭐니 하는 이야기에 회의적일 수도 있고, 불안하거나 두려울 수도 있으리라.

하지만 결국 이 겨울 시즌에 읽은 모든 책들은 그러한 질문을 던지게 만들기 위한 책들이었다. 아니, 사실은 이 1년 사계절 동안 읽은 모든 책들이 그랬다. 학교, 집, 마을, 세상에 대한 책들. 그 책들이 자아낸 의문들. 이 1년간 우리가 함께 책을 읽으며 품은 모든 의문은 결국 우리 자신에 대한 질문이자 우리를 둘러싼 세상에 대한 질문이다. 내가 가르친 유일한 것이 바로 그 의심하고 질문하는 방법이었다.

물론 아이들에게는 나와 함께한 책읽기 말고도 신경 쓸 것이 너무 많다. 아이들은 집으로 돌아가고 다시 학교에 갈 것이다. 부모와 다투고, 친구와 놀고, 숙제와 시험과 입시를 걱정하고, 연애하고 알바를 할 것이다. 확신컨대 아이들이 이 시간을 통해 얻은 질문들도 십중팔구는 그러한 각자의 일상 속에 빠르게 잊혀질 것이다. 또한 확신컨대, 언젠가는 그 질문들이 되살아나는 순간이 올 것이다. 삶은 결코 순조롭지만은 않고, 반드시 우리로 하여금 세계의 모순을 실감케 하기 때문이다.

그리고 그 순간 그 질문들은 다시 새로운 질문들을 낳는다.

행동할 것인가, 침묵할 것인가.

행동한다면, 어떻게 행동할 것인가.

다만 그때라도 아이들이 『달리는 기차 위에 중립은 없다』를 떠올려 주었으면 한다. 적어도 무언가 해보기도 전에 어차피 안 될 거라는 생각으로, 내가 뭘 어떻게 하건 간에 세상은 결코 바뀌지 않으리란 단정으로 대답을 정하지는 않길 바란다.

적어도 쉽게 대답하기 전에 한 번의 망설임을 만들 수 있다면.

그것만으로도, 나는, 그리고 내가 고른 책들은 아이들과 함께한 1년 동안 우리의 의무를 다했다고 말할 수 있을 것이다.

에필로그

에필로그

이 에필로그를 쓰는 지금 계절은 다시 봄이 되어 꽃들이 피고 따사로움이 더해 간다. 2016년 봄에 녀석들과 수업을 시작했으니 그로부터 꼭 3년이 지난 셈이다. 길다면 길고 짧다면 짧은 시간. 그다지 바뀐 게 없는 듯도 하지만, 돌이켜보면 적지 않은 것들이 바뀌었다.

이 책에 실린 1년간의 수업을 함께한 아이들 중 꽤 많은 아이들이 이듬해에도 수업에 함께해 주었다. 그렇게 2년간의 수업을 함께하고 나서 문득 돌아보니 처음 시작할 때만 해도 초등학생이나 다름없었던 녀석들 대부분이 벌써 고등학교에 갈 나이가 되어 있었다. 수업 이름이 '중등인문학교'였기 때문인지 고등학생이 된 녀석들은 자연스레 이 수업에서의 '졸업'을 준비하고 있었다. 그리고 나 역시, 녀석들과 함께 '졸업'하기로 했다. 수업을 다른 친구에게 넘기기로 결정한 것이다.

선생 주제에 졸업이라니, 우스운 이야기다. 하지만 그때는 이쯤에서 한 번 마무리를 짓는 게 옳다고 생각했다. 쉬어 갈 시간이 필요했다. 내 수업이 녀석들에게 무엇을 줄 수 있었는가를 곱씹어 볼 시간이. 녀석들이 나에게 무엇을 주었던가를 곱씹어 볼 시간이.

내가 아이들에게 이 수업을 통해 전하고자 했던 건 언제나 같았다. 녀석들이 자기 나름대로 세상을 보는 눈을, 그것을 타인에게 전할 수 있는 목소리를 갖기를 바랐다. 그를 위해 녀석들에게 가장 '가까운 세상'에서부터 이야기를 시작했다. 학교. 집. 다시 마을. 다시 세상. 그 끝에 상대적으로 가깝게 느껴지는 곳도 멀게 느껴지는 곳도 결국은 이어진 하나의 세상임을 알아 주길 바랐다. 그런데 수업을 진행하면서 내가 녀석들에게 바라고 있던 것이 또 하나 있었다는 사실을 깨달았다. 나는 녀석들이 보고, 말하고, 그리고 무엇보다도 타인의 목소리를 들어 줄 수 있기를 바라고 있었다.

처음 아이들을 만났을 때, 아이들 대부분은 자신을 표현하는 것을 어려워했고 혹은 스스로 그를 원치 않았다. 수업의 가장 큰 적은 침묵이었고 나는 항상 그 침묵과 적막을 어떻게 깨뜨려 아이들이 입을 열도록 할 수 있을까를 고민해야 했다. 난감했으나 예상했던 일이기에 놀랍지는 않았다. 한국 사회의 청소년 교육은 대개 아이들로 하여금 정보를 수용하고 내면화하도록 만드는 데 집중하지 자신의 관점을 갖고 그를 표현하도록 하는 데에는 소홀한 편이다. 때문에, 처음에 나는 아이들이 말할 수 있게 하려고 했다. 책의 내용을 녀석들 자신의 이야기와 연결시킬 수 있도록 사례를 끄집어냈고, 녀석들이 언젠가 자기 일상에 대한 이야기를 흘리면 꼭 그것을 기억해 두었다가 기회가 있을 때마다 책과 연결시켜 질문을 던졌다. 때로는 일부러 논쟁거리가 될 만한 지점을 콕 집어 은근히 논쟁을 유도하기도 했다. 더하여 아이들의 글쓰기를 봐 주는 데 특히 공을 들였다. 세련된 문장, 참신한 표현보다도 자기 생각을 잘 전달할 수 있는 글을 쓸 수 있도록 신경을 썼다.

천천히, 그러나 분명히 아이들의 목소리가 조금씩 커졌다. 그것은 여러모로 나에게도 즐거운 일이었다. 내 노력이 헛되지 않았음을 확인할 수 있었다는 점에서도 그러했지만 아이들의 이야기를 듣고 아이들이 쓴 글을 읽는 건 그 자체로도 놀라움과 유쾌함의 연속이었다. 앞서 수업 이야기들 사이사이에 섞인 아이들의 글을 보면서 '정말 이 글을 중학생이 썼다고?', 혹은 '중학생이 이런 질문을 던진다고?' 같은 의문을 가진 분들이 계실지 모르겠다. 단언컨대, 녀석들이 썼다. 녀석들이 물었다. 나 역시 몇 번이고 혼자 놀라고, 감탄하고, 어떤 대답을 돌려주어야 할까 한참 동안을 고민해야 했다. 그 모든 과정이 나에게는 즐거웠다. 아마도 그 즐거움은 마치 미지의 땅으로 여행을 떠났을 때의 즐거움, 내가 알지 못하는 세상을 맞닥뜨렸을 때의 즐거움이었으리라. 아이들은 언제나 내 예상을 앞질러 갔고, 그때마다 나를 더욱더 이 수업에 열심이게 만들었다.

하지만 수업의 막바지에 나는 새로운 물음을 갖게 되었다. 학교와 집과 마을을 거쳐 '세상' 파트에 이른, 겨울 시즌 즈음 그 수업에서 우리는 나치의 홀로코스트, 5·18 광주민주화운동, 20세기 중후반 미국의 흑인민권운동과 반전운동 등을 다루었다. 그때 내가 걱정했던 것은 과연 아이들이 학교나 집에 대한 수업에서 그러했던 것처럼 이러한 주제들——자신들과 공간적·시간적으로 거리가 있는 주제들——을 너무 낯설게 느끼진 않을까 하는 것이었다. 그러나 녀석들은 예상 외로 책을 잘 읽어 나갔고 그 속에서 자기 질문을 발견하기도 했다. 다만, 마지막 책인 『달리는 기차 위에 중립은 없다』에 이르러서는 조금 어려움을 겪었다. 하워드 진——희망과 낙관의 힘으로 세계를 바꾸고자 한, 그 학자이자 운동가의 이야기는 쉽사리 아이들에게 가닿지 못했다.

아쉽고 안타까웠다. 진의 이야기에 깊은 감명을 받았던 나였기에 더더욱 그랬다. 그 뒤 곰곰이 생각해 보았다. 왜 나에게는 그토록 강렬한 감응을 불러일으켰던 책이 아이들에게는 그러지 못했을까. 금방 답을 떠올릴 수 있었다. 나와 아이들이 다르기 때문이다. 살면서 경험한 것이 다르고, 지금 처해 있는 상황이 다르고, 삶의 방식도 다르며, 갖고 있는 고민도 다르다. 물론 같은 점도 적지 않겠지만 다른 점도 분명 많은 것이다. 바로 그러한 까닭에 나는 아이들의 이야기를 듣고 글을 읽으며 즐거워했었다. 당연히 알고 있던 사실인데, 언제부터인가 잊고 있었다. 우리는 어느 지점에서인가는 분명 서로에게 다른 존재——타자(他者)다.

거기에 이르자 문득 내가 처음 하고 싶었던 수업이 무엇이었는가를 다시 생각하게 됐다. 나는 아이들이 가만히 앉아 내 말을 듣기만을 바라지는 않았다. 그렇기에 나는 아이들이 자기 목소리를 낼 수 있도록 여러모로 신경을 썼다. 하지만 사실, 나는 또한 녀석들로 하여금 계속해서 말하라고 '요구'하려는 것도 아니었다. 내 경험에 비추어 봤을 때, 사회는 대개 시기에 따라 그 둘 중 하나만을 강조한다. 학생일 때는 말하게 해줄 생각도 없으면서 계속 듣기를 요구하고, 성인이 된 뒤로는 들을 생각도 없으면서 계속 말하기를 요구한다. 나는 그 둘 중 어느 쪽도 아이들에게 요구할 생각이 없었다.

옳고 그름을 떠나 우리 모두는 각자 나름대로 세상을 보는 방식을—다시 말해 '자신의 세계'를 가지고 있다. 지식을 통해 사회에서 통용되는 방식을 습득하는 것, 그것은 중요하다. 학생일 때 우리는 귀에 못이 박히도록 그 중요성에 대해 듣는다. 한편 그 와중에도 자신의 방식을 분명히 하는 것, 그것 역시 중요하다. 성인이 되어 사회에서 자신의 가치를 증명해야 할 때 우리는 뒤늦게 이것을 요구받는다. 그렇다면 나와는 다른 타인의 방식과 마주했을 때, 내가 알지 못하는 '타인의 세계'가 내 앞에 가로놓였을 때 어떻게 해야 하는가? 누군가는 학교에서 하던 대로 자신을 죽이고 그저 받아들이라고 한다. 또 누군가는 성인이면 성인답게 자기 목소리를 내고 상대를 휘어잡아 자기 방식을 관철시키라고 한다.

하지만 나는 대화를 하고 싶었다. 대화는 말의 응수타진이다. 때로는 말하고 때로는 들으면서 각자가 가진 생각을 나누며 곱씹고 키워 가는 것이 대화다. 대화는 나와는 다른 타자를 이해할 수 있는 유일한 방법이며, 동시에 나 자신을 변화시키고 성장시킬 수 있는 방법이기도 하다. 나는 아이들로 하여금 그 애들에게 너무나 익숙한 학교와 집을 다른 각도에서 보고 낯설게 느끼도록 했다. 하지만 바로 그렇게 함으로써, 낯섦 속에서 아이들이 내뱉는 말과 글을 받아들임으로써 나 역시 학교와 집에 대한 새로운 질문들에 이르렀다. 마을에 대해서도 그랬고, 세상에 대해서도 그랬다. 나는 아이들에게 일방적으로 무언가를 전하지 않기 위해 갖은 애를 썼다. 아이들을 낯설게 하고, 그를 통해 나 자신도 낯설어지고자 노력했다. 서로를 낯설게 만드는 대화 속에서 서로의 세계는 함께 변화하고 성장한다. 두 세계는 이전보다 낯설어(새로워)지고, 그럼으로써 풍부해지고, 더 많은 가능성을 품는다. 서로가 서로를 가르치고 서로가 서로에게 배운다. 서로가 스승이면서, 동시에 제자이며 그리하여 벗이 된다. 그것을 일컬어 나는 교육이라고 부르고 싶다.

녀석들과 함께하면서 그러한 '교육'이 얼마나 잘 되었는가는 잘 모르겠다. 하지만 적어도 나는 그런 교육이고자 노력했고(그럼에도 제대로 되지 않았다면 아마 나는 녀석들에게 사과해야 할 것이다), 그 노력 덕에 2년간 녀석들과 함께한 뒤로 꽤나 지치고 말았다. 그것이 내가 나의 '졸업'을 결정한 이유였다. 마냥 선생이었던 것만도 아니니 졸업해도 괜찮겠다고 생각했다. 나는 함께한 아이들이 그간 썼던 글들을 떠올리며 그 애들 한 명 한 명에게 각각 도움이 될 법한 책을 하나씩 고르고, 거기에 또 각기 편지를 써서 끼워 졸업 선물로 건네었다. 십수 권의 책을 고르고 수십 장의 편지를 썼으니 꽤나 고된 작업이었지만 후회는 없었다. 그렇게 작년 겨울, 녀석들과의 수업은 끝이 났다.

그리고 그로부터 1년이 지난 지금, 나는 이제 이 책을 마무리한다.

그 사이 지쳐서 쉬기로 결정한 보람도 없이 나는 고등학생, 홈스쿨러, 대학생들과 함께하는 새 수업 프로그램들을 시작했고, 심지어 친구들과 함께 〈길드다〉라는 팀을 꾸려 더 많은 활동들을 할 준비를—아니, 사실 이미 시작했다. 작년은 재작년과는 비교할 수도 없을 정도로 바빴고 올해도 그럴 예정이다. 사실 이럴 거면 대체 왜 '졸업'을 했는지 알 수가 없을 지경이지만, 유감스럽게도 새로운 아이들을 만나고 함께 책을 읽고 글을 쓰며 내 세계를 변화시켜 가는 것은 아직도 즐겁다. 비록 이전보다 좀더 힘들긴 하지만.

이 책에 실린 수업을 함께한 십수 명의 아이들, 그 아이들 대부분은 다시 뿔뿔이 흩어졌다. 그중 서넛인가는 내가 새로이 시작한 프로그램에서 만나기도 했고, 그중에서도 또 두엇인가는 아직도 한 달에 한 번, 아니 그보다 좀더 잦게 나를 찾아온다. 아마도 이 책을 그 애들에게 보여 줘야 할 텐데 과연 무어라 말할지 벌써부터 걱정이 된다. 물론 자기가 언제 이런 말을 했냐며 따지고 들 때를 대비해 녀석들이 써 낸 글들은 하나도 버리지 않고 보관 중이니 그쪽으로는 걱정이 없다.

마지막으로, 이런 종류의 에필로그가 늘 그렇듯 감사해야 할 사람들에 대하여 쓴다. 여기 실린 모든 글들을 함께 검토해 준 〈길드다〉의 친구들과 북앤톡의 선생님들. 이 수업을 하며 내가 느꼈을 모든 것들을 이미 오래전 나를 가르치며 느끼셨을 문탁 선생님과 김철원 선생님. 무한한 인내심을 가지고 나를 지켜봐 주시는 부모님. 원고를 읽어 주신 문탁의 다른 선생님들 모두. 이 책을 낼 기회를 주신 북드라망 김현경 선생님. 그리고 내 수업의 모든 벗들.

다음에 돌이켜볼 수업 또한 이번처럼 가슴 뛰기를 바라며, 이만 마친다.